拈花笑

2之1

〈招蜂引蝶為哪椿？〉

風文創 027

雪靈之 著

目錄

自序

雪靈之

《拈花笑》是我寫於2008的一個「江湖偶像劇」，也是我寫出的第二篇完整的小說（之前半途而廢的不算……）。如今回頭再看這個故事，有很多生澀和粗糙的地方，但對小源和伊淳峻，我有著難以言喻的喜歡。或許描寫他們的時候我是個新人，感覺他們是我的老朋友一樣。

趁著在臺灣出繁體版，我真心誠意地重新修改了，幾乎是重新翻寫了一遍，我希望我成長了，我塑造的小源和伊淳峻也隨同我一起成長，變得更完美，讓我心中無憾。

伊淳峻一直是我男主們中人氣比較高的一位，他俊美專情、霸道體貼，但我覺得他的悲劇之處在於明明是忠犬可惜卻像狐狸……希望臺灣的朋友們也能喜歡這樣的他，喜歡他深愛的小源，喜歡創造了他們的我。

第一章　千里傳音

宋真宗　咸平二十五年

四川　雅安

盛夏的太陽早上已經非常熾烈，照得山水樹木異常明淨，顏色便也耀目起來。碧峰峽兩側的蔥蘢樹木，在陽光的炙烤下還是蒼翠欲滴，青嫩的草坪上各色野花，在峽谷深處吹來的風中搖曳款擺。

才六歲的蕭菊源撥開前面擋路的樹枝，氣喘吁吁地爬上山頂，要甩開丫鬟奶媽很不容易，她連山路都不敢走，在樹叢裡鑽得很是辛苦。她趴在草坪上，愜意地喘著氣，總算可以歇歇了。

「小姐——」

一聲嬌嬌嫩嫩的低喚嚇得蕭菊源差點從草坪上跳起來，回頭一看，是前幾天爹爹為她新買的丫鬟黃小荷。

「妳怎麼來了？」蕭菊源壓低聲音，把黃小荷拉得趴在她身邊。

整個蕭家莊只有黃小荷與她年紀相仿，蕭菊源很喜歡這個小玩伴，雖然小荷總是一副戰戰兢兢的樣子，並不好玩。聽爹說小荷家裡很窮，爹是看她可憐才買下她的，所以菊源也對小荷存了憐憫之心。自從小荷來了她房裡，什麼好吃的她都給小荷吃，還讓小荷同她一起睡，把娘給她講的故事講給小荷聽，從沒當小荷是個丫鬟看。

小荷有點兒害怕地看了看峽谷對面，原本就怯懦的聲音更低了些。「小姐，妳是怕對面的壞人們發現嗎？」

蕭菊源笑嘻嘻地扯了朵面前的野花。「那倒不是，這碧峰峽是咱們蕭家莊背後的天然屏障，就連我師祖都躍不過來，可以說是絕對安全的。」她賣弄著娘對她說的話，其實也並不全然明白。「我只是怕一會兒爹和娘發現了我，不讓我看他們對壞人們喊話。」

小荷點著頭，其實她比菊源小姐大了兩歲，因為總吃不飽，身量反而比小姐還矮了些。

「妳怎麼跟來了？」其實有人來陪，蕭菊源很高興，可一想自己這麼神秘的行動都被小荷窺破，又覺得有點兒掃興。

「我無心看見小姐出了莊，怕妳一個人害怕才跟來的。」小荷貼心地說，過於早熟的她早就習慣於窺測周圍人的心思，她怕的是丫鬟們找不到菊源小姐，會來責問她，甚至把過錯都推在她身上。與其這樣還不如跟著蕭菊源，她是蕭家夫妻的掌上明珠，跟在她身邊即使是闖禍也絕對不會吃到虧。

「喔。」蕭菊源點了點頭，聽見山道上傳來了雜遝的腳步聲，好像很多人向崖上來了。

「噓——」她興奮地向黃小荷比了個手勢，終於開始了。

她們所在位置比較隱蔽，視線卻極佳，黃小荷看見家丁們拿了些幡幔竹竿來，手腳麻利地搭了個考究的涼棚。這時候蕭家莊的主人蕭鳴宇和他妻子李菊心才各自坐著涼轎悠閒安適地從山路上款款而來。

淡淡的雲靄並沒有因為太陽的熱度而消散殆盡，如絲如絮，似有若無的隨著微風飄拂而過。整個山巒布滿青翠的綠，淺淡的白，間雜著野花的繽紛五彩……這些全在蕭家夫妻面前黯然失色。

黃小荷趴在草叢裡，看得目不轉睛，雖然見他們的次數也不少了，每次還是會看得入迷，世間竟然真的有這麼好看的人。

黃小荷不由得又瞧了眼身旁正百無聊賴地咬著青草的蕭菊源，那對兒神仙般的眷侶就是蕭菊源的父母，那邊已經排成整齊隊伍的近百家丁就是她的下人，還有山下那所遠近聞名的蕭家莊，就是她的家。

這個和自己看起來差不多年紀的女孩子，彷彿天經地義般享受著這一切，漫不經心，理所當然。

黃小荷的心起了隱約的刺痛，她想起了自己的家——那間完全不能遮風避雨的草棚，她的父母——早死的母親，酗酒嗜賭的父親。她再小也明白，這就是命，是無可奈何，她和蕭菊源是不同的兩種人，正因為明白，心裡的痛才被壓在最深處變得隱約而無奈。

沒賣進蕭家前她就見過蕭菊源。被爹爹打得皮開肉綻，家中又無半點吃食，她只有躲到街上偏僻的角落，不希望被爹爹找到，又盼著能撿到別人吃剩的東西，這時候她看見了被蕭鳴宇放在名貴馬駒上的蕭菊源。每次蕭鳴宇出門都引來很多豔羨的目光，他是雅安的名人，富有又俊俏，家中還有美貌嬌妻，他就像無數平凡世人心中的夢想，占盡了一切美好。

這樣一個男人，小心翼翼地把女兒放在鞍前，手裡拿著為女兒新買的風車，時不時吹一下逗女兒笑。黃小荷記得那時她的感覺，就如同現在，她也無法辨識這麼複雜的情緒，只覺得恨，恨什麼都有而且都是最好最完美的蕭菊源。

蕭菊源對身邊黃小荷凌厲的眼神毫無察覺，她很振奮地看見碧峰峽對面出現了五個黑衣人，離得太遠，可領頭那個人的冷絕氣概，還是一下子讓這麼小的她也看出他才是主上。

她聽娘說過，這個人叫高天競，在江湖上有些名氣，爹也半不屑半發酸地說這個高天競曾經還追求過娘。追求是什麼，蕭菊源也不大懂，但是很多來家裡作過客的帥氣叔叔聽爹說好像都追求過娘，所以蕭菊源認定，追求是個好詞，因為沒有什麼不好的東西會和娘有關聯。

她極力想看清高天競長得什麼樣，只模糊瞧見五官輪廓，白白淨淨的似乎不難看。真想不出，他為什麼非要和蕭家為敵，帶這麼多人來圍困蕭家莊。她昨天又跑到爹和娘的房間去硬要和他們一起睡，聽他們閒談，好像對這個高天競的出現還很高興。大人就是這點不好，說的話她根本聽不懂，壞人堵上門不是該生氣嗎？

蕭鳴宇攙扶妻子在涼亭裡坐好，這才向已經訓練過的家丁們做了個手勢，低低說了些什麼，家丁們頓時齊齊發出震耳欲聾的喊聲——

「高……天……競……以……前……我……看……不……起……你……真……對……不……起……你……竟……然……明……火……執……仗……的……來……搶……劫……我……真……讓……我……刮……目……相……看……看……看……」

碧峰峽對面的高天競聽了，太陽穴青筋直蹦，好個蕭鳴宇，死到臨頭竟然還有閒心搞這麼幼稚的玩意兒！他被氣得都有些悲憤，引頸一嘯，僅憑一人之力就壓服了百人吶喊的回聲。

「蕭鳴宇，我高天競還輪不到你來看不起！菊心！妳為什麼要嫁給一個連千里傳音都不會的窩囊廢——」

悲傷的語調迴蕩在深峽曠野之間，蕭菊源聽了，不知道為什麼又想哭又想笑，感覺爹爹又使壞戲弄人了。

「老……子……就……是……不……會……千……里……傳……音……又……怎……麼……了……你……就……算……是……聾……子……不……也……聽……清……老……子……想……說……什……麼……了……嗎……嗎……嗎……」

「菊心，妳看，這個男人只會在強敵來襲的時候讓妳保護他！妳跟著他真的心甘情願嗎——」

「你……少……噁……心……老……子！我……武……功……是……不……高……但……從……來……不……往……老……婆……身……後……躲……你……想……搶……

老……子……的……寶……藏……又……惦……記……老……子……的……婆……娘……還……靦……著……臉……說……這……話？……媽……的……你……賤……得……老……子……都……有……點……佩……服……你……你……你……」

高天競有點兒受不住，陰狠地嘯道：「蕭鳴宇，我高天競不把你碎屍萬段，就枉稱凌霄天鷹——」

「你……也……就……長……得……像……鷹……你……不……是……想……要……老……子……的……錢……嗎……老……子……和……你……菊……心……妹……妹……以……後……就……用……銀……票……點……燈……燒……火……心……疼……死……你……你……你……」

高天競氣得只會重複地喊。「蕭鳴宇，我要將你碎屍萬段——」

百人吶喊隊很盡責地表現了蕭鳴宇的得意，喊得尾音上挑。「你……繼……續……作……夢……老……子……和……愛……妻……回……去……了……只……要……你……過……了……菊……仙……蹤……什……麼……都……好……商……量……量……量……」

高天競咬得牙齒格格響，卻沒再作聲。菊仙蹤是秦初一傳給最小徒弟李菊心的一個陣法，委實厲害，他這幾天損兵折將硬是過不去。

下人們原本已經抬著蕭鳴宇和李菊心準備下山，卻在蕭鳴宇的指示下又轉回來了。

「老……高……其……實……你……除……了……不……要……臉……也……算……

是……個……能……人……知……道……為……什……麼……菊……心……沒……選……你……嗎……就……是……因……為……你……心……眼……太……多……躺……你……身……邊……都……不……敢……睡……踏……實……我……就……不……同……了……只……有……她……算……計……我……我……絕……不……算……計……她……哎……喲……妳……別……掐……我……呀……這……句……不……用……喊……我……武……功……不……行……名……聲……不……響……有……的……就……是……一……片……真……心……心……心……心……」

轎子路過蕭菊源藏身的地方，她聽見爹爹神清氣爽地說：「調戲了一下高天競，我心情好多了。」

李菊心笑了笑，俏媚的眼睛卻一掃草叢。「還不出來？」

蕭菊源也知道躲不過娘的耳目，笑嘻嘻地自草叢後站起來，故作甜蜜地叫了聲娘。

原本披在李菊心肩頭的長紗宛如一條輕靈的白蛇，輕柔而有力地捲在蕭菊源的腰間，把蕭菊源帶到她的身邊。

「妳越來越淘氣了！」李菊心憐愛地摟住女兒，卻瞪了她一眼。

黃小荷站在蕭菊源已經離去的草叢後，遙遙地看了會兒坐在高高涼轎中連背影都賞心悅目的母女二人，沈默了好久，才跟著收拾好殘局的下人們一起下了山。

第二章　娘的教誨

蕭菊源背著小手，慢悠悠地跟著娘走進後園，下轎的時候娘沒說什麼，可她就是不敢一跑了之。

她求救般看了眼站在轎邊的爹爹，他只是送她一個「祝妳好運」的眼色，然後自顧自走了，完全沒有搭救她的意思。她就知道！爹永遠很軟骨地站在娘的那邊。

李菊心走到一株剛開放的胭脂點雪前，蹲下身極為呵護地摘除稍有枯萎的葉子。

「呀！這株開花了，是娘最喜歡的呢！」蕭菊源很狗腿地說，作足驚喜的表情。其實她早上就偷摘了一朵送給丫鬟小金，她喜歡上花匠長壽，天天嚷嚷著要打扮漂亮。

李菊心長而翹的睫毛慢慢忽閃了一下，眼梢淡淡地瞥了女兒一眼。「似乎少了一朵。」

蕭菊源傻笑，每次娘這麼看她的時候，她就知道瞞不過去了。其實娘微笑時候是最美的，可她暗自覺得娘淡漠瞥她的瞬間，她連心臟都不跳了，那種美是她無法形容的，怪不得娘被稱為江湖第一美女。

李菊心站起身，她的一舉手一投足都有難以言喻的韻致，偏偏她又是沈靜而有些懶散的。

蕭菊源呆呆地看著娘，心生羨慕，年紀還小的她對美有著單純直白的喜愛，她盼望著長大了也變成這樣的美人。

「小源，娘有些話要對妳說。」李菊心抬手摸了摸女兒的粉嫩臉龐。「無論遇到什麼情況，妳都要對自己說，妳是蕭鳴宇和李菊心的女兒，妳什麼都不怕，知道嗎？」

蕭菊源猶豫地點頭，聽娘這麼一說，她覺得心裡有些難受。

「今天晚上會下雨，圍困咱們的那個壞人就要動手，小源，妳帶著天雀劍從上次娘告訴妳的那個密道離開，密道的盡頭是蒙山的山腹，妳在山洞裡等我們。」

「娘！妳和爹不同我一起走嗎？」蕭菊源嚇壞了，她從沒想過要和爹娘分開。

「傻瓜，別擔心。」李菊心笑了，眼睛亮如雪山頂上升起的辰星。「爹和娘還有事，要做完才能去找妳。」

「我等你們一起走！」蕭菊源噘起嘴巴，倔強地說。

「聽話。」李菊心掐了女兒的小臉蛋一把。「妳留下，會分爹和娘的心。小源，我們可是各有任務，」李菊心的眼中閃過一絲笑意，怎麼哄過女兒她十分在行。「天雀劍是妳爹爹的義兄裴福充送給我們的，是妳和裴鈞武訂親的信物，十分重要。爹和娘全力對付壞人，妳就負責保護這把重要的劍。」

「嗯！」蕭菊源頓覺重任在肩，用力地點頭。

「孩子，娘平常對妳說的，妳都記得嗎？任何事都要防備萬一，當然，妳不用擔心，但是萬一我和妳爹沒有去找妳，妳也不要驚慌，拿好天雀劍，就在山洞裡等。娘給妳帶好七天的食物，七天內裴伯伯會到山洞來找妳，他沒見過妳，但他會認天雀劍，所以這劍萬萬不能離身。他會帶妳去竹海，找我的師兄竺連城，妳就好好跟著竺師伯學武。」

蕭菊源皺眉。「我去竹海，那妳和爹呢？」

李菊心笑了笑沒有回答，若是他們沒能去山洞，當然是遭逢了殺身之禍。

「小源，妳也長大了，娘說的話，妳都該記住。我們總是被這些壞人騷擾，全是因為妳爹爹的家傳寶藏。如今我們忍痛放棄住了這麼久的家園，也是想擺脫這沈重的負擔，從此隱姓埋名。」李菊心嘆了口氣，原本是教育女兒，自己卻先感慨起來。「人人都羨慕妳是蕭鳴宇的女兒，可這個身分未必給妳帶來好運。做個平凡的人……也是種幸福。」

「平凡的人？」蕭菊源有點兒看不上這個詞，她對母親的話半懂不懂。「我怎麼會是平凡的人？」她想撩起袖子。「我有月王印——」

「小源！」李菊心嚴厲地阻止了女兒。

蕭菊源沒想到娘突然沈下臉，難得怒形於色，嚇得提著袖子整個人傻住了。

「娘已經再三對妳說過了，這個秘密只有蕭家的人能知道！即便平時和爹娘說話，也絕不能隨便提起。」

蕭菊源吶吶點頭，還沒從娘的訓斥中緩過神。

李菊心有些心軟，柔下語氣。「小源，妳爹是後蜀皇族，蕭家的秘密牽扯實在太廣，妳要謹記娘的話，不然我們這次詐死嫁禍的舉動就徹底白費了。還有……」李菊心有些忍笑。

「這話實在是說得太早了些，這次我們去了竹海，裴家的小子以後就會總陪在妳身邊了，他是我和妳爹幫妳千挑萬選的夫婿，一定會對妳很好，但是即便這樣，妳也不能把這個秘密告訴他。」

「為什麼？」蕭菊源有些不解，爹就是娘的夫婿，所以在她幼小的心裡裴鈞武對她就會像爹對娘那麼好。「爹爹不是就把秘密告訴妳了嗎？」

李菊心聽了微微一笑，容色傾城。「所以他是個情癡啊。」談起蕭鳴宇，李菊心的眼裡漫起情愫。蕭鳴宇對她的愛是熾烈而毫無保留的，他曾說過，即便她捲了他的寶藏跑了，他也認了。正因為這樣，她選中了他，雖然與兩位師兄相比，他文武雙缺又麻煩纏身。「他把秘密告訴了我，就等於把刀柄遞給我，自己握刀刃，如果我想，其實可以隨時偷走蕭家寶藏對嗎？」

蕭菊源不答話，雖然娘只是給她講道理，只是假設，她也覺得絕不可能。

「妳對所愛的人說出這個秘密，就等於陷入了雙重危險，如果他背叛妳，妳就會既失去愛人又失去寶藏，變得真正一無所有。孩子，不要冒這個險，男人大多數靠不住。只要妳不告訴他，他就不會有誘惑，反而會平安和樂一輩子。」

「嗯，好。」蕭菊源點頭，這番話對她來說太莫名其妙，她只是為了讓娘放心才滿口答應。

「娘告訴妳的秘密、教妳的口訣，只能告訴妳的孩兒，一定記牢。」李菊心看著女兒，不禁嘆氣，畢竟她還太小，這些對她太複雜也太沈重了。
蕭菊源乖乖地走上來拉她的手，央求道：「我們去找爹吧，我想他了。」
李菊心愛憐無奈地瞪了她一眼，小滑頭，明明是對說教厭煩了。
娘兒倆走進花廳的時候，蕭鳴宇正坐在矮凳上煞有其事地鑿刻一塊石碑，弄得滿地是碎屑。
「你又在幹什麼？」李菊心皺眉，管了小的，大的又成精了。走過去一看，原來他在石碑上刻兩行字——

生同寢，死同穴。

李菊心啐了他一口。「你刻這個幹什麼？多不吉利。」
蕭鳴宇嘿嘿笑。「作戲作全套嘛，不論如何將來是沒了蕭鳴宇和李菊心這兩個人了，留下這個，也算對大家有個交代。」
李菊心瞥了他一眼，沒好氣地問：「大家？」
蕭鳴宇有點兒泛酸地說：「就是把妳當心上人的那些混蛋們嘛，包括妳竺師兄和藍師兄！」他忿忿地特意指出。
李菊心有點兒想笑卻繃著臉。「我的兩位師兄你怕是瞞不住吧？你太恩將仇報了，竺師兄的威名保了我們幾年安好，要不是他這次閉關，高天競敢來嗎？」
蕭鳴宇拍碑而起，胡攪蠻纏地嚷嚷。「要不是他，說不定早就來一個像老高這樣的二傻子！妳都嫁給我了，他和藍延風還不肯好好娶個媳婦，他們是什麼意思！」一提起妻子這兩位名震江湖的師兄，蕭鳴宇就氣不打一處來，背著手來回踱了兩步。「上回給菊源訂親也是，我就看慕容家的小子不錯，妳和他非說裴家那個悶罐子好！才多大啊，一副小老頭德行，估計將來和竺連城一模一樣，一棍子下去也打不出個屁！」

李菊心實在忍不住笑，反駁他說：「是給你女兒選夫婿，也是給他選徒弟啊，他當然要說話的。再說慕容家的小子太過頑劣，不如裴鈞武沈靜聰慧，就只根骨上說，也比慕容孝好得多，連竺師兄那樣眼高的人都說他是難得的武學奇才，將來會把菊源照顧好的。」

「武功好就能決定一切嗎？那妳幹麼當初不選他！」蕭鳴宇醋罈打翻又開始提老帳。

李菊心甜蜜一笑，蕭鳴宇看著她頓覺火氣已經沒了一半，更哪堪她走過來拉住他的手，緩緩地說：「因為我遇見你了呀。」

「那倒是。」蕭鳴宇眉開眼笑。

一邊的蕭菊源鄙視地瞧了他一眼，心想爹也太好哄了吧！

屋外傳來陣陣悶雷，眼看要下雨，蕭菊源得意地笑起來，娘又說準了，娘似乎什麼都知道，她一定是個仙女。

「好了，辦正經事吧，把下人們都叫到正廳，再晚恐怕有危險。」李菊心看了看陰暗的天色，語氣完全沒了剛才的輕快。

蕭鳴宇點頭，臉色也沈重了起來，叫管家去傳話。

第三章　雨夜火攻

蕭家莊上下數百人，全都聚攏起來，場面頗為浩大，整個院子也只勉強站下。

蕭菊源跟著父母登上半人高的小臺，看著臺下黑壓壓的一片，有些是她非常熟悉的人，每天都在一起，她從沒想過會和他們分開，而且這一天還來得這麼快。她突然感受到娘說起從此揮別家園隱姓埋名的憂傷，的確不好受。

作為蕭家莊的僕役，即使外面有強敵圍困，但他們對主人和主母近乎崇拜，此刻臉上仍一派輕閒，小金和長壽還偷偷打情罵俏。

蕭鳴宇寵愛地扶妻子就座，這麼多年來，他早已習慣每一個這樣的生活細節。他喜歡這個女人，即使相伴已經八年，他對她的喜愛和珍惜比起戀慕她時絲毫不減。

李菊心向他搖搖頭，今天的話太重要，不能坐下來說，她反手扶蕭鳴宇坐下，對他來說，這是個殘酷而又悲傷的日子。

蕭鳴宇看著她的笑容，覺得自己可以如此刻般深愛這個女人一輩子。

她是武林神話秦初一的關門弟子，也是秦初一最寵愛的一個，很多壓箱底的秘技都傳給了她，菊仙蹤便是其一，甚至連竺連城和藍延風都不能破解。雖然菊心沒說，蕭鳴宇也能猜到，秦初一是怕菊心沒有選兩位師兄之一而另有所愛，已經武學大成的兩位愛徒一時激憤會對小徒弟的情郎不利。僅憑這點，蕭鳴宇就挺喜歡秦老頭的，雖然他的結局有點兒慘……

蕭鳴宇雖然沒見過秦初一，但從他收徒弟的情況來看，他一定是個極為挑剔又眼高於頂的人。他的兩個名震天下的徒弟竺連城和藍延風無論人品相貌名聲武功都出類拔萃，天下難覓敵手，外面的高天競和他們相比，就像鵪鶉比之孤鷹。即使與菊心如此相愛，每次想起這兩位大舅子，蕭鳴宇心裡還是酸溜溜的。其實他也知道，自己和他們比，可能還不如外面那隻鵪鶉來得體面。

他又忍不住去拉李菊心的手，有那樣兩位俊美無匹又強悍可靠的師兄，她還是選中一無過人武功、二無響亮名號、卻頂著「後蜀皇族」的虛名，揣著個無比麻煩的寶藏的他。

李菊心像看孩子一樣瞪了他一眼，這時候了，長不大又不知愁的蕭公子心裡又在胡想些什麼呢？

臺下的僕人們慢慢變得安靜下來，安靜得幾乎壓抑，他們終於感覺到了不比往常的沈重氣氛。自從蕭鳴宇建成了蕭家莊，下人們還從沒看過他坐著而夫人站著的情況呢，蕭鳴宇對妻子的疼愛幾乎和他所擁有的財富一樣知名。

李菊心有些不忍地看著僕人們慢慢露出驚恐的神色，安撫地笑了笑。「大家跟隨我夫婦二人已有數年了，如今強敵來襲，我們又無可求援，眼下大劫恐怕難以對抗。」

這話一出，僕人們發出喧譁，紛紛跪下表示願與主人同生共死。

蕭鳴宇和李菊心感激地看著，再開口李菊心已有些哽咽。「你們的心意，我們夫婦二人領受了，只是不想大家有無謂的犧牲。這裡是我和宇哥的一點兒心意，一會兒逐人發放給你們，希望以後你們各自成家立業，安樂度日，不必再為奴為婢了。」

蕭菊源覺得鼻子一酸，眼淚就嘩嘩流了出來，這場面她太不喜歡了。

「今晚雨後，我會撤開菊仙蹤，大家看到起火，就一起四散奔逃，記住，要四散，從莊子的各個門散開。今日一別，大家各自保重。」李菊心的笑容裡有了些悽苦，蕭鳴宇也站起身，和愛妻向大家抱拳道別。

起火？下人們面面相覷。對夫人的遵從已經成為他們的習慣，在他們心裡夫人簡直是料事如神的神明，既然她說了，他們聽從就是。

莊外的小河對岸，高天競的表情異常沈冷，他知道所有人都在看他，想不皺眉、不露出惱火和懊喪的表情，真的很難！

僅僅是個菊仙蹤，就折了他近半人手，現在身邊剩的不足六十人，秦初一果然厲害。

「主上！」一個黑衣大漢有些耐不住性子說道：「眼看就要下雨，今夜再不動手，竺連城恐怕就要出關趕來了。」

高天競煩躁地一揮手，阻止大漢再說下去，難道他不知道嗎？如今他騎虎難下，悔恨無比。

當初聽說竺連城閉關這個隱密消息，他就起了貪念，此時川中又有農民起義鬧事，官府鎮壓不迭，形勢一片大亂，他還以為是天賜良機。都是該死的蕭姬通風報信，讓蕭鳴宇夫婦有了準備，說什麼躺在他身邊無法踏實入睡?!他的女人不也害了他嗎？這一害，遺禍終生。

李菊心把他來襲莊的消息故意散播得人盡皆知，而且讓流言傳播得越來越廣，他能不明白嗎？這是打算把「蕭家寶藏」栽贓到他身上，讓他就要背負「搶走」寶藏的惡名，顛沛流離一輩子啊！憑他再怎麼解釋，江湖上對後蜀寶藏紅了眼的人誰會信？他沒吃到魚，惹了一身腥，難道還要白癡一樣到處解釋說自己根本沒得手嗎？裡子面子全丟了個精光！

原本他打算趁亂好人不知鬼不覺的搶得驚天寶藏，回了北方過一輩子踩金踏銀的生活，現在呢？人家布好了陣等他前來自投羅網。

對他來說，路……就只剩一條！

燒光，殺光！他還能成為一代梟雄！他的狠，也許還能震唬住一些人。

悶雷過後，天色越發陰沈，風也呼呼地颳著樹葉，先是幾點細密的雨星，漸漸變成傾盆大雨。

李菊心刻意換了身淡紫的華服，依傍著蕭鳴宇在廊上悠然看雨。

僕人們來來往往，拿著各自家當，神色倉皇，平素秩序井然的蕭家莊顯得一派狼狽。

這一切都無法進入蕭鳴宇和李菊心的世界，他們只要在一起，便是一方安寧樂土。

已經辭別過父母的蕭菊源，遠遠看著一片凌亂中父母窈窕美麗的背影，他們像亂世中悲憫旁觀的神仙眷侶，她想向他們奔過去，終於還是忍住了。娘的話她記得住，她的任務就是保護好手中這把沈重的天雀劍，在山洞裡等爹娘把壞人收拾掉。娘囑咐她趁亂進入密道，再過一會兒一起火，就是那個時候了。

夏天的雨來得快，去得也快。

高天競咬了咬牙，雨後潮濕，是放火的最差時機。

「主上？放不放？」黑衣漢子手裡拎著油桶。

「放！」

點著火的箭紛紛射向蕭家大院，按說剛下過雨，放起大火十分困難，可是蕭家的房屋見火就著，頃刻間便是火海一片。

「怎麼回事？」高天競一愣，好一個李菊心！她早就料到他要放火，事前在莊子內外灑了油。

蕭家的僕人看見火光，彷彿看見衝鋒陷陣的信號，四面八方呼嘯奔跑，一時間雞飛狗跳，高天競的手下沒接到命令，只好暫時上樹以免被踩。

「殺！殺光！」高天競青筋暴起，面目在火光的照耀下十分猙獰。

蕭菊源啟動石壁上的機關，一個黑黝黝的洞口就顯露出來，一股潮腐的味道迎面襲來，她忍不住掩鼻退了一步。

「小姐！」

蕭菊源嚇得把天雀劍都掉在地上，這個黃小荷越來越神出鬼沒了。蕭菊源回頭，果然看見黃小荷一臉驚恐地站在她身後。

「妳怎麼沒走？跟著我幹什麼？」蕭菊源有點兒懊惱，她竟然一點兒都沒發現黃小荷跟著她，現在黃小荷也發現這條密道了。

「菊源小姐，請帶我一起走吧！我家裡已經沒什麼人了，我不想再過孤零零的日子。老爺買了我，我便一輩子是蕭家莊的人、是小姐的丫鬟，帶我一起走吧！」黃小荷眼淚汪汪地哀求，拉著蕭菊源的袖子跪了下來。

蕭菊源為難地想了想娘囑咐的話，又看了看幽暗的密道，一個人走還真的很怕，而且黃小荷也已經發現了，只要和娘說明情況，多帶個小荷不會是多大的問題吧？

「好了，妳別哭，我們一起走。」蕭菊源把黃小荷拉起來。

黃小荷乖巧地替蕭菊源拾起天雀劍，蕭菊源伸手想接，黃小荷卻沒遞出。「小姐，這劍真重，我來替妳揹吧。」

蕭菊源搖了搖頭，從黃小荷手中拿過劍。「重也沒辦法，娘說這是和裴伯伯相認的信物，不能離身。」

「喔。」黃小荷點頭，去拿蕭菊源手中沒有點燃的火把。「我來點火，為小姐照路。」

蕭菊源笑著點頭，親熱地去拉黃小荷的手，有人陪著真好，她就不那麼害怕了。

第四章　稍有違背

密道裡陰濕黑暗，火把也僅能照亮周圍不大的地方，蕭菊源緊緊拉著黃小荷的手，連頭也不敢回，總覺得黑暗裡有什麼恐怖的東西會突然竄出來咬她。

上次和娘同行，她一點兒都沒有害怕，甚至覺得新奇有趣，娘就像保護她的仙女。突然之間她有些想哭，十分想念爹娘，恨不得他們馬上就來找她，讓她不用再這般恐懼慌張。

「小姐，這裡有個岔路。」黃小荷疑惑地看著另一條通道說道。

黃小荷顯得十分鎮靜，蕭菊源覺得她的手很溫暖，連一絲顫抖都沒有。

蕭菊源看了看石牆上的標示。「我們繼續向上走，這條路出去就是莊子外的河邊，恐怕壞人就在那兒圍著。」

黃小荷點了點頭，拉著蕭菊源一直走到密道盡頭。密道盡頭是一個隱密的山洞，很像一只倒扣的碗，出口在斜坡的頂端，被茂密的樹叢覆蓋，極難被發現，就算有人無心掉入了這個山洞，密道口的機關封閉起來，很難察覺這裡另有乾坤。

蕭菊源聞到了新鮮的空氣，又到達了目的地，心情安穩下來，不顧疲累爬上斜坡，從洞口望出去。這裡是蒙山的半山腰，可以清楚地瞧見蕭家莊。

蕭菊源呀了一聲，整座莊子陷入火海，照亮了剛擦黑的天空。

「怎麼樣了？」坐在洞底的黃小荷關心地問。

「還在燒……」蕭菊源十分難過。

黃小荷笑了笑，安慰說：「我知道這是老爺和夫人的障眼法，莊子燒完，他們也就快來了。」

蕭菊源重重點頭，是這麼回事。她順著坡滑下來，解下綁在身上的包袱，挑出一塊自己最喜歡吃的糕給黃小荷。「幸虧有妳陪我，還有個說話的人。」

黃小荷接過糕也笑了。「我也喜歡跟著小姐。」

一等兩天過去了，蕭菊源有些著急，莊子的火已經變小，遠遠望去蕭家莊變成了一片斷壁殘垣。「爹娘怎麼還不來？」她急得在洞裡走來走去，反覆爬到洞口去張望，越看越覺得心驚膽戰，爹娘該不會遭遇到什麼不測了吧？

「小姐，要不我從密道走回去看看吧？」黃小荷自告奮勇地說。

蕭菊源搖頭。「太危險了吧，莊外有壞人，莊裡到處是火，爹娘反覆囑咐我就在這裡等。」

「小姐在這裡等，我去看看就好，這一帶山路我都熟，不會有危險的。再說，我們已經沒有水了。」黃小荷為難地晃晃已經空了的水葫蘆。蕭菊源想了想只好答應，因為多了黃小荷，水和食物都消耗得非常快，根本堅持不了七天。

黃小荷熟練地做了個火把，安慰地向蕭菊源笑了笑，再次走入密道。

密道門關閉起來，火把的光照亮黃小荷小小臉上的不屑，她冷哼一聲，拐上了去莊外河邊的岔路。她只是想取點兒水，蕭家夫妻的情況關她什麼事？蕭菊源果然是大小姐，根本沒吃過苦，喝水吃東西完全不知道節省，就憑她們手頭的食物想撐七天幾乎不可能。黃小荷得意地拍了拍自己藏在懷裡的糕餅，她還私藏了一些，可以趁蕭菊源睡覺的時候吃，反正她是不會挨餓的。

蕭家莊外一片焦糊的味道，黃小荷厭惡地搧了搧，心裡卻很痛快，這座屬於蕭菊源的奢華莊園如今付之一炬，她覺得十分解氣。

黃小荷心情很好地走到河邊剛想裝水，卻發現河裡漂過幾具屍體，她嚇得尖叫一聲跌坐在地上。

「什麼人?!」她的叫聲立刻引來幾個黑衣人，他們手中的長劍冷冷地抵上她的脖子。

「別殺我，我只是莊裡的小丫鬟！」黃小荷沒想到黑衣人們來得這麼快，她都來不及逃回密道，只能跪地哭求。她聽見尖銳的口哨聲，顯然是在召喚同夥，不一會兒在碧峰峽遠遠看見過的那個為首的男子就飛掠趕來。

「主上，抓到一個小丫鬟。」一個黑衣人抱拳說道。「不過……聽說蕭鳴宇的女兒也差不多這麼大。」

高天競冷眼看了看黃小荷，蕭鳴宇和李菊心對女兒愛如珍寶，根本不會讓她一個人涉險，可是他說：「殺了。寧錯殺一百，也不放過一個。」

劍刃帶風的聲音在黃小荷耳中異常尖銳，可也比不上高天競這句冷酷的話。她突然很憤怒，她原本就什麼都沒有，最後還要因為年紀與蕭菊源相仿而被錯殺嗎？

「我可以告訴你進莊的路！」她尖聲叫，彷彿找到了洩憤的出口，毀滅掉所有一切的惡毒快感，讓她的心不再被怒火和悲傷漲裂。

劍尖在她額頭前停住，高天競瞇起眼狐疑地看著她。

黃小荷知道，他在考慮她的話是真是假。她一臉冷漠地站起身，毫無剛才的恐懼，在死亡邊緣兜了一圈，她不怕了！她沒有退路，而且，她突然發現，自己一直期盼著有這樣一個惡魔毀滅一切她無法得到的美好。她走到密道入口，開啟了機關。

「這就是入莊的通道！」她用手一指，身體很自然地貼近另一個出口的開關。她沒傻到要給高天競帶路，等她沒了用場，仍逃不過一死。

高天競欣喜若狂，上蒼終於開眼了！蕭家僕人湧出後，菊仙蹤又發動起來，他耗費了兩天仍是攻不進去，附近的武林人士都紛紛趕來，潛伏在四周伺機而動，想跟在他後面吃點兒甜頭。可他再不得手，這些人將會倒向蕭家夫婦那邊，假裝正義相助，討好竺連城和藍延風。

黃小荷趁他們狂喜，把通往山洞的機關開啟一條縫，閃身滾入後又飛快關閉。

黑衣人們還想追，被高天競阻止，他的眼睛變得血紅。

「走這邊，進莊！」雖然那孩子來歷奇怪，可他偏偏就信了她，因為她的眼神他很熟悉，得不到而想毀滅的殘忍、嫉妒到憤恨的怨毒……他自己何嘗不是這樣！

黃小荷跌跌撞撞地從密道裡出來，邊哭邊跑，蕭菊源嚇了一大跳，扶住她問怎麼了。

「不好了，壞人已經進了莊子，到處殺人搶東西！我沒看見老爺和夫人！」黃小荷哭得很逼真。

蕭菊源皺眉，按照娘的計劃，壞人最後是會攻進山莊，可他們什麼都不會得到，反而背上搶走蕭氏寶藏的罪名。問題是，這時候爹和娘早應該進入密道與她會合了啊！她心急火燎地再次爬到洞口，除了漸漸熄滅的火勢和焦黑的莊子輪廓，什麼都看不清。爹和娘……為什麼還沒來？

「小姐，妳不要著急，夫人那麼聰明，一定會來找妳的。」黃小荷虛弱地說，故意撩開裙子，讓蕭菊源看見她受傷的膝蓋。

「呀！」蕭菊源從坡上滑下來，著急地看著黃小荷的傷口。「妳受傷了！我們沒有藥！」

黃小荷體貼地搖搖頭。「沒關係的，小姐，我很快就會好起來。」

蕭菊源沈默不語，再一次被無助的感覺弄得想哭，她看了看密道入口，期盼著下一秒爹和娘就會從裡面出來。

「對了，小姐，咱們等的那位伯伯什麼時候才能來啊？他一定武功高強，可以去看看老爺夫人到底怎麼樣了。」黃小荷的眼珠微微發亮，趕緊眨了眨，用天真的焦急掩蓋那抹狡點。

「就在這一、兩天了吧！」蕭菊源信以為真，急切地盼著裴福充快點兒來。

再次忍到入夜，蕭菊源因為擔心爹娘都沒感到飢渴，只來回在山洞裡轉圈，盼爹娘來，盼裴伯伯來。她聽見細微的呻吟聲，原來是受傷的黃小荷發出的，她虛弱地靠著石壁，臉色非常蒼白。蕭菊源一陣心疼，患難之中，她格外珍惜這個小朋友。

「妳怎麼了？餓了嗎？」蕭菊源翻了翻包袱，把最後一塊餅給了黃小荷。

黃小荷拿著餅，很為難地說：「小姐，小荷渴了……」

蕭菊源這才恍然大悟地喔了一聲，看了眼早已空了的葫蘆。「那……我去取水。」雖然害怕密道黑暗，但總不能讓已經傷成這樣的小荷再陪她了吧。

她再次爬到洞口，意外地發現外面下起了小雨，這麼小的雨竟然澆滅了蕭家莊的火勢，或許原本就已經到了將熄未熄的殘喘之末。沒了火光，天地間一片濃黑，若不是無數次眺望這個方向，蕭菊源簡直不敢斷定那片如鬼城般的陰暗地域就是她的家。

她下坡，拿了天雀劍和葫蘆，囑咐黃小荷。「妳等等我，火滅了，好像那些壞人也走了，我偷偷去看一看。」

黃小荷點頭，隨即叫住她。「小姐，這麼重的劍就放在這裡，讓小荷幫妳看著吧。萬一碰見壞人，妳帶著它也不好逃跑，再弄丟了更麻煩。」

蕭菊源躊躇了一下，娘的確是反覆告訴她天雀劍不能離身，可小荷說得也對。

「如果那個伯伯來找，我就告訴他妳去取水，讓他等著妳。」黃小荷認真地點了下頭，像是保證。

蕭菊源終於走過來，把天雀劍交在她手中，孤身走進密道。雖然稍稍違背了娘的話，可她真的很想去看看莊子裡的情況，很想找到爹和娘！

若不是太過熟悉，蕭菊源簡直不能相信這就是她的家園——黑暗，到處是漫無邊際的黑暗，剛經歷了火劫，很多焦木下還有餘火，蕭菊源被燙得直跳又不敢發出聲音。天太黑，她舉步維艱，只匆匆地打了水，想等天亮再偷偷來找爹娘。

山洞裡的火也熄滅了，仍舊是她恐懼的黑暗，蕭菊源大驚失色，大聲喊黃小荷的名字，除了回聲什麼都沒有。

水打翻在火堆的灰燼上發出噗的水氣聲，蕭菊源人生中很多美好的東西被這一夜的黑暗澆熄，隨之消失的還有娘交給她的天雀劍。

第五章　江湖巨變

十年後　景德元年

拓跋元勳牽著馬，在成都繁華熱鬧的街道上緩步而行，他左顧右盼，一臉笑容，俊美的五官帶著少年人特有的不諳世事和興致勃勃。路過的姑娘看他衣飾華貴、笑容率真，都紛紛對他投以青睞，拓跋元勳因而更加得意，回頭對跟在他身後的兩位師姊說：「成都的姑娘比興慶府的姑娘耐看。」

嚴敏瑜沒好氣地瞪了他一眼，數落道：「德行！你看哪兒的姑娘不耐看？」

拓跋元勳對大師姊的挑釁習以為常，早知道她就沒好話，反唇相稽道：「我看妳就不耐看！」

這句話立刻惹下大禍，嚴敏瑜上前一步猛力敲了下拓跋元勳的頭，打得他抱頭跳腳。

「疼！疼！妳真打啊！」

嚴敏瑜意猶未盡地摸了摸拳頭，威脅地冷笑道：「這都是輕的，你還有什麼說來聽聽啊——」

拓跋元勳癟嘴。「小源，大師姊又瘋了！是不是離妳的心上人越來越近，妳越來越無法控制自己了啊？」後面的話是對著嚴敏瑜說的。

嚴敏瑜再次追上來準備痛下殺手，拓跋元勳笑嘻嘻地繞著小源跑，十七、八歲的少年還如同孩童一般恣意嬉鬧。

小源有些頭疼，抬手隔開了兩個人。「好了，這裡不比西夏，再這樣可要引人側目了。」一句話說得兩個人安生下來，一左一右乖乖走路。「元勳，我們路上的玩笑話入了川就別再隨意提起了。」小源的教訓還沒完，扭頭看著拓跋元勳囑咐道：「這裡已經是裴家的勢力範圍，你再胡說八道被他們的探子聽去，很折師姊的面子。」

「就是！」嚴敏瑜立刻贊同。「我什麼時候說裴鈞武是我心上人了?!我只是聽師父說他長得俊，又是武學奇才，師門中算是咱這輩的翹楚，才對他比較好奇。多念叨幾句就是心上人了嗎？你天天把你大表姨掛在嘴上，她難道是你心上人?!」

「我對大表姨沒任何意思！」拓跋元勳受到驚嚇般彈起來，極力辯白。

小源頭更疼了，無力地揉了揉額角，不愧是師門奇葩拓跋寒韻選中的兩位高徒，看情形，他們會讓「拓跋」這一流派在師門中繼續「閃閃發光」。

有時候人和人的緣分是非常奇妙的，小源很小的時候就聽說過這位西夏公主拓跋寒韻，她是秦初一的第三個徒弟，也是師兄妹四人中最特別的一個——她幾乎什麼都沒學到。不是秦初一不肯教，根據江湖傳聞，一代宗師秦先生是活生生被這個笨徒弟給氣死的。

至於秦初一為什麼會收下這麼一位徒弟也是江湖一樁懸案，若說秦初一愛慕拓跋寒韻，論容貌和才智，還有傾國傾城的李菊心。或許拓跋寒韻有偏才？江湖眾人品了她二十年終於得出結論，正才、偏才此人皆無，大家只能推測秦初一愛慕的可能是她的母親。無論如何，拓跋寒韻也和其他三位師兄妹一樣成為傳奇，或許是更為人津津樂道的傳奇。

「好了……」小源的語氣裡充滿了認命。

論排行，小源是拓跋寒韻的二徒弟，元勳雖然年紀比她大，但入門最晚，總是委委屈屈地喊她小源師姊。她雖然上有師姊下有師弟，卻總覺得她是這兩個孩子的媽，吃喝拉撒都要為他們操不完的心。

「你們還是……給我安分點吧……」她都要嘆氣了。「據說滅凌宮的勢力也早已遍布川渝，我們的一舉一動可能早就落入他們的耳目。」

「哎，我就奇怪了。」拓跋元勳撓頭。「滅凌宮主揪出洗劫了蕭家的高天競，發現他當初根本什麼都沒搶到，白背了十年的黑鍋，好吧，這是滅凌宮也和不離不棄追殺高天競這麼多年的人一樣，想要寶藏。可是……他們為什麼又捅出李菊心師叔的女兒尚在人世，並且寶藏還在她手裡的事呢？」

嚴敏瑜冷笑一聲。「滅凌宮主就是個攪屎棍，什麼風波都是他惹出來的！現在好了，蕭菊源還活著，並且被裴家一直當祖宗一樣供著的事被傳得沸沸揚揚，江湖都轟動了。咱們作為同門也不好袖手旁觀，看吧，千里迢迢地趕來保護人家千金大小姐和不知道到底有沒有的該死寶藏，活像招來的看門狗。」

拓跋元勳對師姊的話很有疑問，頗具自知之明地說：「看門狗還能咬人，我們能幹什麼呢？師父幾乎什麼都沒教我們。」

「師父是不教嗎？她自己也不會好不好？」嚴敏瑜又不同意了，翻著眼睛維護師尊。

小源再次嘆氣。「你們……夠了啊。」

兩人難得很一致地看向小源，拓跋元勳懷疑地說：「小源，我們覺得妳一入川就怪怪的，話也少了，人也總心不在焉。聽師父說，妳的家鄉應該也是這裡，妳是不是想家了？要不我們先去妳家看看？」

小源被問得一愣，隨即淡淡地笑了。「家？我已經沒有家了，只是這滿耳的鄉音還是讓我感覺親切。」

嚴敏瑜和拓跋元勳互相看了一眼，小源果然還是觸動了愁腸，雖然她戴著人皮面具看不見表情，但這樣沈重的語氣還是難得聽她說起。

「我們今晚就歇在這裡吧。」小源也感覺到氣氛的凝重，雖然她對這二位同門充滿無力感，但卻真的把他們當成親人一般。從小一起長大，他們單純而熱忱，雖然比起其他同輩顯得有些不長進，她卻實實在在地喜歡他們，這對她來說，也算是個幸運。在那個黑暗的夜晚過後，她還能遇見拓跋寒韻，遇見這兩個人，讓她痛苦無依的心有所停靠。

「好啊，好啊！」嚴敏瑜歡呼起來。「這裡有好多店鋪，玩幾天再走也不遲。」

小源苦笑著點點頭，不知道竺師伯看見了他們這三位師侄會有什麼感想。無論如何，能回到中原，去竹海受竺連城的點撥，都是她很期望的事。

她抬眼瞭望城牆外的秀麗遠山……終於回來了，不知道如今的蕭家莊又是一番什麼景象。

她突然有了個打算，經過了十年，她以為她能偽裝得很好，再不犯過去犯下的錯誤，原來……還是不行。

她想去看看，那個曾經裝滿她美好回憶的地方，即便如今已經化為可怖的廢墟。

找了家不錯的客棧，安排吃飯，還要忍耐到嚴敏瑜和拓跋元勳睡下，小源才收拾了簡單的行裝，留下書信，悄悄離開。

月色極好，夜還不算深，零星幾家店鋪還懸著燈，行人卻已稀少。

小源緩下腳步，這樣的氣氛很容易勾起回憶，她想起爹爹把她放在鞍前，帶她來成都遊玩的情景。十年了，她失去父母……已經十年了。

小源深深呼吸了一下，把胸臆間泛起的酸澀全壓下去，腳步不自覺加快，出了熱鬧的街巷，使出輕功飛掠起來。秦初一是個追求唯美的人，所創的招式無不賞心悅目，輕功更是恍若仙子起舞，可惜……小源僅僅是飛掠出城已是感到疲憊。她落在一棵高聳的老樹上歇息，倚著樹枝看著月亮邊飄過的微雲低低嘆了口氣。

跟隨拓跋寒韻遠走西夏，總想著分屬同門，武功派系相同，雖然學不到最上乘的本門絕學，基礎總可以打牢。沒想到……嬌貴的西夏公主拓跋寒韻完全荒廢了師祖傳給她的武學，一門心思享起富貴榮華，連珍貴的武學典籍都隨手扔在書房裡。她去收拾的時候真替師祖捏了把汗，這都是他畢生研習寫出的秘笈，武林人作夢都想得到的瑰寶，竟然被他這位好徒弟隨手和千字文、百家姓堆在一起，還厚厚落了層灰。

習武……變得完全靠自學，小源試著問過師父幾個問題，結果被師父很不耐煩地打斷了，反問她說：「既然妳有興趣，就好好看書嘛，書裡不都寫著嗎？」

這十年裡，任憑怎麼努力，小源的進境十分有限，要不是小時候跟娘學了些入門的招式，現在恐怕更是一事無成。

這次能名正言順地被召回竹海，小源真的很高興，雖然她決定遵照娘最後的吩咐，改名換姓，平淡安樂的過另一種人生——這是爹娘未竟的心願，也為此付出了生命的代價，作為女兒，她該一絲不苟地用畢生去達成。可若說心裡沒有怨恨，徹底放棄過去，真的沒辦法做到。

她心裡有很多疑問，很多憤懣……是誰打開了入莊的密道，是誰害她失去爹娘，是誰冒名頂替成為了「蕭菊源」，雖然答案清清楚楚，可她仍期望，黃小荷只是一時貪心冒充了她，而沒有做下引狼入室、殘害主人的罪孽。她不相信，一個八歲的孩子，能有那麼惡毒的心腸。

她想成為頂尖的高手，那個時候，她就有能力去弄明白一切真相。

高天競、滅凌宮主、裴鈞武……

小源的頭突然疼起來，這次來竹海，對一心想學到本門高深武學的她來說，開啟了希望，卻也同時開啟了無數煩惱。一些以前能以「長大以後再說」推搪的事情，再也無可迴避地攞在她面前，而且，她還要面對「蕭菊源」。

能不能？能不能？

小源閉上眼睛，揪緊自己胸口的衣裳，她真的可以用「李源兒」這個身分，坦然地面對也許是欠下她血海深仇的黃小荷嗎？

小源強迫自己睜眼，月光照亮周圍的山巒，靜謐而孤寂，她用力深呼吸，把血管裡就要沸騰的血液安撫下來。

她可以！一定可以！

「蕭菊源」受了竺連城十年教導，依她的心機和毅力，肯定小有所成，又有中原武林公認的武學天才裴鈞武跟隨左右，自己一個衝動或者不慎，便會輕易被除掉，連說出秘密的機會都沒有。

平復了一會兒，小源鬆開衣襟，每當她感到痛苦不堪的時候，就會大聲笑兩下——

「哈哈！」她揚起下巴，看著深渺無盡的蒼穹，無奈地聽見自己的笑聲輕微而苦澀。她咬了咬嘴唇，對自己說，看吧，頂替了蕭菊源有什麼好？如今蕭家後人引起江湖巨變，從西夏一路走來，已經看見不少心懷不軌的武林門派和人物也往這裡趕，「蕭菊源」或許會成為下一個高天競。

小源跳下樹，讚許地拍拍自己的頭，小時候，娘每次誇她也這樣輕拍她的頭，多好，她又振奮起來了。

她是自由自在的李源兒，她要學秦初一傳下的最高深武學。

對！目前她的目標就是這個，其他什麼都不能影響她！

第六章　滅凌宮主

月色明朗，亮如白晝，小源在樹下整理一下衣物，回身輕拍了拍剛才棲身的大樹，這是家鄉的樹，已經在這裡默默佇立百十來年，相比人的詭譎奸詐，還是植物誠實可靠。突然她聽見衣袂迎風的簌簌聲，回頭看時，卻是什麼都沒有。

小源冷下眼神，背靠著樹幹，看著月光下朦朧秀美的遠山近樹，草地上的花兒在夜裡有著一種攝人心魄的色彩，平凡的花瓣也變得美豔起來。

戲弄她是吧？發出衣袂聲響的人，即便已經這麼近了，她還是無法感覺到他的呼吸，她的武功雖然低微，可內力修為並沒落下，能隱藏得如此天衣無縫，這份修為根本不會在御風飛掠時發出任何聲響。小源暗暗握緊短劍的劍柄，來人動機奇怪，非敵非友，她戴著人皮面具，姿色平庸，這人……故意引她注意到底為了什麼呢？

過了一會兒，周圍仍舊毫無動靜，小源無聲冷笑，他想玩，她還不奉陪了呢！揹了下滑落到臂彎的小包袱，她輕鬆自在地往大路上去。

明知有人在窺伺，她便不使出輕功，慢條斯理地邊走邊欣賞月下風景，走了一會兒，她開始疑心那人還跟沒跟著，腳步便不如剛才瀟灑。

星空中突然飛來一隻似鷹隼般的鳥，發出極為怪異的叫聲，又猛然中斷了，直直墜落下來，像是被什麼擊中。小源仰頭看，那鳥簡直要向她砸過來，她無意施救，反而輕盈地退開一丈。

一條修長的黑影從路邊樹上無聲無息的掠起，姿態極為優美，像是一道暗夜的光弧又像飄渺的飛煙，小源被他美好的輕功驚豔了一下，他已經盈盈接住落下的怪鳥，瀟灑地落在草地上。

小源忍不住又冷哼了一聲，從掠起到落下，他沒發出半點聲音，那幾聲衣袂響果然如她所料，出於他惡意的戲弄。

怎麼，想看她嚇得尖叫奔逃、醜態百出嗎？真遺憾，她雖無法身負絕世武功，但什麼是頂級絕學以及使用者的美態，她從小耳濡目染司空見慣，他這一手雖然已經很不錯，比起她師門的高級輕功來說，也不算有看頭。

他穿了件包裹嚴密的黑斗篷，臉上戴了張銀色的精緻面具，江湖中不少喜愛故弄玄虛的人都是這副打扮，早就見怪不怪了。可這兩樣並不特別的東西穿在他身上卻有著異樣的魅力，即便他一語未發，只是靜靜地站在月光之下。

小源眨了下眼，顯然她只是無意遇見了一場爭鬥，既然黑衣人無心傷她，她又何必糾纏其中？她邁開步，像是沒看見黑衣人一般，自顧自與他擦身而過。她聽見他低低的輕笑一聲，不知怎的，那笑聲竟然撩得她心弦一顫。

小源在心裡嘆氣，十年沒回中原，江湖上當真出了不少妖孽，這本事她也只在娘那兒體會過。這個遮頭遮臉的黑傢伙搞不好是個男狐狸精，她還是快點遠離是非的好。

她本想加快腳步，臉卻驟然一痛，小源露出怒色，再看黑衣人，他又靜靜地站在她前方不遠，一手抱著受傷的鷹，一手捏著她的人皮面具。他的動作太快，又毫無聲響，若不是改換了位置，根本好像什麼都沒發生過一樣。

小源雖怒，卻知道自己絕對不是這個人的對手，他無殺心卻有惡意，狀似冷酷實裡卻十分下流，她忿忿地瞪了他一眼，快步跑起來。大概是他的輕功太好又太美，她下意識地不肯把自己三腳貓的本事拿出來獻醜。

黑衣人也沒追，只默默地站在那兒，好像在沈思什麼。

「站住！」一聲富有磁性的清亮低喝好像從很遠的山坡上傳來，可人卻轉瞬已經到了眼前。

小源嚇了一跳，以為是叫她，轉身就看見一道白影流星一樣掠到眼前，驚得倒退了半步。

白影落地的姿勢比黑衣人還要悅目，他的髮梢和下襬還在微微擺蕩，人卻如冰山玉樹般沈靜地站在那裡。他材質上佳、款式精細內斂的白衫，在月光下攏了層如珍珠光暈般的微光，小源有點兒恍惚，覺得或許那不是月光的反光，而是他本身發出的光芒。

世上的男子，從爹爹到竺師伯、藍師伯，她覺得已經好看到了頂，沒想到還有一個這樣的他。他的眉眼精緻俊美，氣質儒雅又不文弱，只是站在那裡，她都感覺到他身上奔騰著的深不見底的內力，綿厚又霸道，正如他的人。

小源在看他的時候，白衣公子也在看她。

月光實在能為美麗的東西增添更動人心魄的韻致，她的身材並不豐滿誘惑，可再平凡的衣物穿在她身上，卻有說不出的好看。她的臉型尤其精緻，把美麗的五官襯托得更加出色，月光映得她瀲灩雙眸極其流光溢彩，被密長睫毛的陰影遮擋了一些，卻更讓人神魂難返。她似乎有些怒意，眉頭微蹙，非但沒有令人反感的戾氣，卻惹得人想為她撫平心頭不滿。她像開在冰裡的美麗花朵，寒涼入骨，卻蕩魂蝕魄。美人，當是她這樣的清純妖物，只一見，再難忘。

「裴鈞武，你何必打傷我的鷹。」一直站在一旁的黑衣人突然說話了，冷冷的語氣無起無伏，卻能讓人感知他的不悅。

小源通身一凜，裴鈞武？這個白衫公子竟然就是……裴鈞武?!她愣愣地看著他，嘴唇越抿越緊。

裴鈞武冷笑一聲。「如果滅凌宮主你不抓了我的同門，我一時……倒也不急著找你。」話裡的諷意和威脅十分明顯，而且由他說來，又多了些霸道和傲氣。

滅凌宮主?!小源的眼睛又瞪大了一圈，她今天真是該碰見的都碰見了。

滅凌宮主冷笑一聲。「胡言亂語，對我不敬，難道不該死嗎？只是沒想到，裴公子師門內竟然也有武功如此低劣之輩。」

小源疑惑地皺起眉，他說的……她好像越來越對得上人了。

「只是兩個小孩子的玩笑之語，宮主又何須認真。」裴鈞武挑了下嘴角，暗諷他小肚雞腸。

滅凌宮主優雅地半轉了身子面向小源，緩緩說道：「他們在西郊外山神廟後殿密室，小美人，我可是看著妳的面子才放過他們。」

小源突然想笑，看來師姊的那句「攪屎棍」真的扎了滅凌宮主的痛處，他親自出馬來抓捕他們。幸好碰見了裴鈞武，她才免於被擒，看樣子他也知道和裴鈞武過招不一定有好果子吃，反而假意賣個人情給她。滅凌宮主這個人……她看他的時候不由帶了點兒好笑，精明又小氣，還很愛面子。

滅凌宮主看著小源，一時沒再說話，小源被他盯得渾身不自在，正沈了臉，他卻轉身一躍，輕靈優雅地幾個起落消失在夜色之中。

「裴……」小源穩了下心神，她必須學會和裴鈞武平常相處。「裴師兄，你為什麼不去追那個怪裡怪氣的滅凌宮主？」她微微有些失望，以為至少能看見兩人過幾招，順便瞭解裴鈞武的武學進境已經到了何種地步。

「妳是……」裴鈞武瞇了瞇眼。「李源兒師妹？」其實剛才滅凌宮主藉口說給這個小美人面子，他就已經猜到幾分，只是沒想到這個遠在西夏的李師妹……竟然這麼美。

「他……他已經跑遠了。」小源看著滅凌宮主消失的地方。

裴鈞武淡淡地一笑。「我和他過過幾次招，他出手十分油滑，今天就算動手我也未必制得住他。既然他說出地點，就不必再追究下去了。」

小源點頭，是了，油滑，這個形容很準確。「可是，也許他是騙我們的。」

裴鈞武雙眉一挑，微笑的樣子像霽月灑照玉堂，看得小源的心輕微悸動，連忙假裝看遠處掩飾自己的異樣。「走，這就去山神廟。這個滅凌宮主有些意思，似敵非敵似友非友，近來倒也小小的幫了我幾個忙，我想他不會說謊。」

小源點頭，忍不住又嘆了口氣，她果然已經陷入了各種計謀之中了。

裴鈞武提氣一躍，再回頭看時，小源已經被他落下很遠，她也露出尷尬失落的神色，他竟一陣不忍。

他等她躍近，不便拉她的手，只輕輕握住她的手腕。「來，跟著我。」他的語氣不自覺地變得輕柔，自己也有些好笑了，對美人的呵護憐惜果然是人之常情，他也不能免俗。

小源被他拉著飛掠，速度之快讓她心下暗驚，裴鈞武年紀也不過剛滿二十，這身修為端的不凡，也無怪乎大家公認他是奇才，也無怪……當初爹娘選中了他。

第七章　花溪擊魚

西郊山神廟荒廢多年，深夜毫無半點燈火，四野寂靜，小源和裴鈞武趕來時遠遠就聽見拓跋元勳的陣陣叫罵，中氣十足，沒半點被囚的頹喪。

小源苦笑，元勳是西夏王李明德的么子，本名李元勳，拓跋寒韻嫌「李」是當年唐朝皇帝賜的姓，想拜在她門下就得隨她改回本姓拓跋。元勳在西夏作威作福慣了，哪想到會吃這樣的虧？幸好滅凌宮主旨在威懾，讓他和嚴敏瑜知道中原不比西藩，不可再輕狂造次，未必不是好事。

「到底是哪個混蛋陷害小爺?!等我師姊尋來，非要你好看！她武功高深莫測，你就等著不得好死吧！」拓跋元勳不知疲累地不停喊罵。

小源聽了有些臉紅，尷尬地看了眼裴鈞武，元勳這牛皮吹得未免太遮天蔽日。裴鈞武還是那副微笑淡然的樣子，可小源就是覺得他在心裡笑話了她，有點兒賭氣地抽回裴鈞武拽著她的手臂。

裴鈞武似乎沒有察覺，只頗感有趣似的站在廟外聽元勳和嚴敏瑜的對話。

「好了，你也歇歇，我快被你吵死了。」嚴敏瑜嫌棄地出聲。

「我不吵，誰能發現我們在這兒？」元勳不以為然，清了清嗓子準備再次開罵。

「你好歹也等天亮了吧？這時候哪有人經過？而且你急什麼？小源不是逃脫了嗎？她那麼機靈，很快會趕來救我們的。」嚴敏瑜氣定神閒，像說家長裡短似的分析道：「你說是誰暗算了咱們？我覺得不是裴鈞武就是滅凌宮主，最近我們就說了這兩個人的壞話。」

小源聽了一陣頭疼，打算趕緊出聲阻止這對兒活寶繼續胡說八道下去。不過不得不說……師姊總是瞎貓碰見了死耗子地說中真相。

「那我太冤枉了！」拓跋元勳大叫一聲，無比委屈。「說要勾搭裴鈞武的是妳，說滅凌宮主攪屎的還是妳，關我什麼事?!幹麼抓我?!」

小源似乎聽見裴鈞武極輕地笑了一聲，臉又燙了燙，搶在嚴敏瑜再開口前出聲道：「師姊、元勳，我來了。」

嚴敏瑜和元勳歡呼起來，及至看見了隨後跟進來的裴鈞武兩人都不吭氣了，肆無忌憚地盯著他瞧。

小源一邊為他倆解繩子，一邊介紹。「這位就是裴鈞武，裴師兄。」

本來話很多的兩個人好像突然啞了，小源本以為好歹他們會禮貌地問聲好，結果也沒有。其實她倒是很理解嚴敏瑜和元勳的感受，近幾年都在聽師父提起裴鈞武如何出色，本就有幾分崇拜之意，今日見了他……的確如此出色，一時沒了言語也屬正常。

裴鈞武像是沒聽見他們倆那番對話般，得體地問了他們好，小源總覺得他說「兩位辛苦了」有戲謔之意。但嚴敏瑜和元勳根本聽不出來，一反剛才的木訥，很熱情地與裴鈞武攀談起來。

裴鈞武似乎也對這幾位同門的武學造詣有所瞭解，大概不想使他們難堪，回城路上再沒使用輕功，只閒庭信步般走了回去。

嚴敏瑜和元勳一左一右圍著他，七嘴八舌地問他很多閒事，小源反而被他們擠得跟在後面。裴鈞武話不多，但師弟師妹的詢問基本都簡要回答，小源聽得很認真，於是知道了竺師伯已經在竹海等候他們多日了，蕭菊源現在住在裴家成都的別院裡，同裴鈞武一起等各位同門到來。師門中不只他們，連藍師伯的弟子，一向很神秘的師兄也會來，就連裴鈞武都不知道他姓啥名誰、家住何方。

回到城裡已經接近凌晨，裴鈞武也在他們落腳的客棧開了間房休息。

小源回了自己的房間，看著桌上沒人發現的書信，輕輕嘆一口氣，雖然想偷跑回家的舉動使她倖免於難，可也以失望告終，不知道什麼時候才能再去看。

第二天大家都起得早，除了裴鈞武仍舊丰采如故，嚴敏瑜和拓跋元勳看著都有點兒殘。小源又戴起人皮面具，雖然早起在鏡中看自己也是一副疲憊，被面具一擋，反而是師姊弟三人中看起來最精神的一個。

在客棧大堂吃早飯的時候，總有異樣的目光往他們這桌瞟，小源吃得氣定神閒，肯定不是看她。裴鈞武自然是最招眼的那個，嚴敏瑜和拓跋元勳也是難得的好皮相，就算有人看她，也是因為在幾位俊男美女中有這麼個平庸的人感到惋惜而已。

拓跋寒韻收徒弟有一點很恪守秦初一的原則，就是要長得好看，西夏世子李元昊本也想投在姑姑門下，結果拓跋寒韻嫌他是國字臉，眼睛不夠漂亮，死活沒收。但是拓跋寒韻從來都是抓不住重點的人……秦初一要的是根骨奇絕、容貌俊美的人中翹楚，到了她，只要有副好皮囊就行了。

「裴師兄，我們吃完就去霜傑館嗎？」嚴敏瑜一覺睡起來，在晨光中看裴鈞武更俊美了，對他的態度也越發熱情。她是個心性單純的人，喜歡就是喜歡，因為發乎自然，倒不令人感到討厭。

小源看了她一眼，當然知道她最想見的是住在霜傑館裡的「蕭菊源」。這一路走來，這位蕭姑娘可算紅得不能再紅了，被傳得比嫦娥還美貌幾倍，小源每次聽了都冷笑，黃小荷小時候乾癟瘦弱，也不像什麼美人胚子，那些趕來勾引她的男人當真見了面，怕是心裡要暗暗失望的。

大概她的不屑太明顯了，坐在她對面的元動都從她的眼神裡看出點兒什麼，以為她是不服氣，於是安慰說：「雖然聽說蕭師妹很漂亮，肯定也不如我們小源漂亮，天下還有比小源更漂亮的人嗎？」

小源聽了倒沒不好意思，反而微微一笑，看了裴鈞武一眼，語帶譏誚地說：「那是你坐井觀天，蕭師妹的母親可是天下第一美女，父親是川中絕頂美男，蕭師妹自然是……豔絕人寰。」

「是這樣嗎，裴師兄？」嚴敏瑜很認真地向裴鈞武求證。

裴鈞武慢悠悠地喝著粥，仍舊微笑，心卻被小源有些刻薄的語氣輕刺了一下，想來是年輕女孩的小嫉妒，對自己容貌很自信的人大概更聽不得人誇另一個少女美貌。

「還好。」他淡淡地說，敷衍的樣子顯得小源等人很無聊。

他明顯地回護「蕭菊源」，讓小源忍不住冷哼一聲，哼完她又後悔，如今的李源兒何必在這些小問題上和「蕭菊源」較真，自己跌自己的分兒！

而且既然要在「蕭菊源」身上查找當年的真相，她就該收起這些小脾氣。這十年她畢竟跟著那樣的師父，碰見那樣的師姊弟，在西夏又是要風得風，心計這種東西是靠磨練的，雖然她已經很刻意地訓練自己了，很顯然……和武功一樣差勁。

吃完早飯出了客棧，時間仍舊很早，小源皺了皺眉，現在趕去霜傑館萬一蕭大小姐還沒起床，難不成讓他們幾個等她起床打扮？她不樂意！「時間還太早，聽說花溪的風景很美，也順路，我們先去那兒看看吧。」

「好啊！好啊！」嚴敏瑜和元勳熱烈響應，有得吃有得玩的事，他們沒有感到不妥的。

裴鈞武苦笑一下，並沒阻止。一行人慢悠悠地往花溪去。

花溪其實就是一條小溪，離霜傑館三、四里的路程，正值暮春，連綿成片的桃花李花紛紛飄落在溪水之上，倒也十分貼切。

「這裡很漂亮！裴師兄，你把別院建在這兒附近很有眼光。」拓跋元勳陶醉地四顧，粉紅的花海、清澈的小溪、藍天下聖潔的雪山。

裴鈞武笑笑。「我也很喜歡這裡。」

小源沒出聲，裴家是當初後蜀皇族的家臣，她太瞭解爹爹了，他感謝裴家多年來不離不棄忠心耿耿，認了裴福充當義兄，銀錢自然不會少給。不過……遠遠也能望見裴家那片占地廣闊的別院，幾處高樓別有風致，看來這幾年裴家發展得相當不錯。

花溪的盡頭是個小湖，湖對面便是霜傑館的正門，小源有點兒沈不住氣，享受了十年這樣完美生活的「蕭菊源」會變成什麼樣？

「小源！」元勳擔心地喊了她一聲，嚴敏瑜也湊過來。「妳又發呆！妳到底有什麼心事？現在有裴師兄了，妳說出來，他一定可以幫到妳。」元勳已經很信賴裴鈞武了。

小源聽了一笑，她的心事偏偏最幫不了她的就是這位裴師兄。

見她不說話，元勳又用他孩子心性來安慰她。「好了，別不高興，我扔水漂給妳看！」

他彎腰揀起一塊石頭扔向湖面，石子擦出十幾個漣漪，嚴敏瑜拍著手數，很是雀躍。

「有魚！」嚴敏瑜手一指。

水漂驚到了浮在水面的魚，騰地掀起一些水花便潛入水裡去了。

「我們比賽用石頭打魚吧，還記得那招『飛雪留香』嗎？就用它。」元勳也來了玩興。

李源兒苦笑著看她的師弟師姊滿地揀小石子，他倆就是沒長大的孩子。

飛雪留香……那是秦初一自創的暗器手法，練到最高層，就連雪花那麼輕巧的物件都能傷人奪命，比起摘葉飛花高出不知幾倍……落到他們手裡，也只能用石子去打魚，而且——

「又沒打中！」嚴敏瑜懊惱地叫著，把手裡所有的石子都賭氣投進水裡，震起一大片水花。

「幹什麼妳！把魚都嚇跑了！」元勳指責她，不死心地注視著水面，一抬手，灌著內力的小石子發出「嘶嘶」的風聲，「咚」的入水，一條魚便翻著白浮上水面。

「哈哈，厲害吧！」元勳搖頭擺尾地大笑起來，十分得意。

「拓跋師弟，這招並非該如此使用。」一直微笑旁觀的裴鈞武開了口，聲音冷冽平靜，格外好聽。他緩緩地抬手，那修長堅毅的手好像有磁力似的瞬間吸取了一把粉紅色的桃花花瓣。狀似無心的一甩腕，那些花瓣無聲無息地飛掠入水，速度快到幾乎無法用眼睛捕捉。

「砰」的一聲，水面好像被水雷震盪過，激起道道水柱，一片細膩的水霧隨風而來，嚴敏瑜和拓跋元勳紛紛用袖子擋住頭臉，水霧飄散，湖面上漂浮著數十條死魚。

李源兒沒有動，細小如霧的水珠拂了她一頭一身，打濕發冷的並不是身體，而是身體裡跳動的心……這就是差距！

看了他的輕功，雖然她已有所領悟，但當他用出如此霸道的「飛雪留香」，她的心還是劇烈地收緊了。十年，他竟甩開她這般的遠了！

她怔怔回頭，裴鈞武唇邊永遠帶著似有若無的笑意，他敏銳地察覺了她的目光，小源不由自主地避開他似乎能洞悉一切的清冷目光。

他和她一樣沒動，衣服髮絲一滴水珠都沒沾，她卻渾身微濕，狼狽的感覺從心底無限蔓延開來。

第八章　蓮舞之美

裴鈞武站在晨光灑照的花樹下，看著閃避開他的目光後就一直看著湖面發呆的小源。拓跋師叔一生荒於武學，竟然連易容功夫也沒學好，教出的徒弟連做個面具都如此拙劣，見過她的真實容貌，這張蒼白木訥的面具顯得格外礙眼，他不由想起那夜月下初見時的驚心動魄。

「哎呀呀！」緩過神來的嚴敏瑜大呼小叫。「太厲害了，裴師兄！」她之前叫師兄的時候純然只是親暱，見識過這招驚天動地的飛雪留香後，再叫師兄都變成了崇拜和尊敬。

「這……這……」元勳結巴地指著湖面。「原來飛雪留香是這樣的！」他感到完全被姑姑騙了！崇敬之餘，他也起了要好好跟裴鈞武修習的心，他用出的招式和自己的完全是兩個境界，這麼一比，姑姑教出的徒弟簡直太不入流了。

裴鈞武謙和地笑了笑。「你們只是沒……」他頓了一下，想說沒摸到門道，又覺得太打擊他們。「沒用對方法，只要悉心苦練，自然也可小成。」

他不知道自己為什麼又忍不住看了小源一眼，她沒有說話，只愣愣地盯著湖面不知道在想什麼。她穿了件淡藍色的衣衫，質料相當名貴，畢竟拓跋寒韻是西夏皇族，自然不會少了好東西。如此金貴的衣裙，卻因為她隨意披散著頭髮而顯出一種嬌滴滴的慵懶，少了華麗卻添了韻味，裴鈞武默默地瞧著，不管用多粗糙的面具遮擋了容顏，她這身風華卻毫不受損，他不自覺地想到了一個詞——天生媚骨。

「有人在用飛雪留香嗎？」聲音穿花渡水而來，細微卻清晰，十分悅耳。

顯然，喊話的人內功不弱。

裴鈞武聽了，眼神一凜，收斂了心神。

「誰？誰？」拓跋元勳和嚴敏瑜東張西望，頭搖得像博浪鼓，還是沒找到聲音的來處。

「可是藍師叔門下？」裴鈞武也用同樣的方法回應，聲音在近處也不響，但卻被內力送出很遠。他淡然地挑了下眉，這種傳音功夫也是本門秘技「千里鴻信」，對方能用得這般好，可見不是等閒人物。

一道月白色的身影從湖一側的樹林裡飛掠而來，那麼輕盈，那麼迅速，飄擺的衣袂和黑髮，讓他像是從天而降的仙人。

他的腳尖輕點著湖面上的嫩荷葉，每一下優美得如同舞蹈。

小源簡直無法呼吸了，這身法她太熟悉，這是娘常用的，本門輕功最高境界——「蓮舞」。沒想到，男人也可以把「蓮舞」用得這麼美。是美，而不是漂亮，他的身法比漂亮更優雅更瀟灑，只能說是美。

他的人……也只能說是美！

白皙的面孔有著最完美的輪廓，配著絲緞般的黑髮，晶瑩得如同上好的溫玉。他的眼睛是天池裡最清澈最純淨的水，或許是冰？都不，他笑的時候，眼睛裡是水，不笑的時候，眼睛裡是冰。俊挺的鼻子，雅致又有些冷漠的薄唇……他無一處不美。

這麼美的男子，卻周身籠罩著堅毅剛勇之氣，他是玫瑰與匕首的組合，或者是白雲和雷霆的交融。

所有人看著他……都呆了。

就連小源都管不住自己直直地看他，忘了不好意思，忘了該震驚。

拓跋元勳都有些癡了，男人……不，人怎麼能好看到這種程度？

那人飄然止步後，讓人窒息的美麗眼眸掃過看著他發呆的所有人，最後停在裴鈞武臉上。「裴師兄？」

「嗯。」裴鈞武點了點頭，不愧是藍師叔的弟子。基本上……什麼樣的師父就教出什麼樣的弟子。

「我姓伊，伊淳峻。」他抿嘴一笑，似乎白雲流水全失去光華，芳樹落英皆黯然失色。「除了我師父，真沒見過誰能把飛雪留香用得這麼強。」裴鈞武還稍稍穩得住，其他人都倒吸了口氣，這人……美得都不像人了。

一時周遭十分安靜，還是裴鈞武輕咳了一聲，說：「既然大家都來了，就隨我回霜傑館吧。」

伊淳峻並不問小源等三人的名姓，含笑的眼睛天生帶了三分魅惑，他的目光只隨著裴鈞武動，裴鈞武被他看得渾身不自在，只得轉身先行領路。

伊淳峻輕聲笑了一下，只聽元勳哼了一聲，趕緊捂住鼻子，竟然流鼻血了。嚴敏瑜鄙夷地瞪了元勳一眼，沒見過世面的東西！不過……說實話，剛才伊淳峻那一笑，她喉嚨也湧起一陣腥甜，那真是美得讓人吐血啊！與小源這樣的天仙絕色相處十年，竟然也扛不住伊淳峻這一笑！

「師兄，你等等我。」伊淳峻的腳步輕盈無聲，或許他輕功太好，又或許……反正有種說不出的味道，他每一步都好像踩在花朵上，似乎沒踩實，又好像重重地踩在大家心裡，麻癢癢的。他幾步就趕上了裴鈞武，竟然勾住了裴鈞武的手臂。「師兄，你的大名……」他又笑了。「我可是久仰了。」

小源他們三個被扔在後面，看得十分清楚，身負絕頂輕功的裴鈞武平地走路都踉蹌了一下，掙了下胳膊，沒有成功甩脫伊淳峻。

元勳的鼻血又湧出新的一股，他擔憂地鼓勵。「裴師兄，挺住！」雖然伊淳峻的舉止很破壞那種看他第一眼時因為美而產生的神聖感，但他的不羈和風流帶出新的魅惑，倒也不致令人厭惡。只是……元勳也見過不少有那方面癖好的人，這位伊師兄身上難掩的霸悍之氣，倒讓人難猜他到底是……不管怎麼樣，俊秀雅致的裴師兄都悲劇了，壓或者被壓，他都不想的吧……

元勳又看了眼伊淳峻的背影，連背面都那麼妖嬈誘惑，他聽見嚴敏瑜也痛惜地嘆氣。

兩人對視一眼，同時搖頭，一個人太美了，精神大概就不正常了。可惜，可惜啊！

小源倒是步履輕快，心情也似乎好了一些，越亂越稱她心。一想「蕭菊源」多了這麼位「敵手」，她就不知不覺地微笑起來。

各自想著心思，路程似乎變短了。

小源抬頭看了看考究大門上那塊匾額——「霜傑館」，氣派又不失典雅，落款是裴鈞武。兩邊是一幅精緻的對聯，寫著——

懷此貞秀姿

卓為霜下傑

看著裴鈞武出挑的書法，小源皺起眉，心底莫名其妙地升起一種嫉妒。離開中原十年，拓跋寒韻也不曾正正經經替他們請位好的教書先生，她雖然看書識字不成問題，書法卻實在拿不出手。當年爹娘為她挑選了裴鈞武……如今她卻相距他如此之遠！功夫、氣度、學識……她已經沒有一樣可以匹配他的了，而且，就連未婚妻的身分也被奪去。

當初娘說的隱姓埋名、平淡度日，她的確做到了，卻失去了那份灑脫。蕭鳴宇、李菊心無論改叫張三李四也好，屬於他們的光芒是不會被掩滅的，他們本就是仙落凡塵。可她李源兒不一樣，見過太多出色人物，她明白，她已經完全落得和師父拓跋寒韻相同的地步，只空有一副皮囊。如果她不是蕭家女兒、裴家故主，裴鈞武……如何還能喜歡她？

裴鈞武引著大家進了門，精美的宅院雕樑畫棟，僕從如雲，滿眼是各色名品菊花，可見裴家對這位菊源小姐還是極其重視的。

小源冷眼瞧著，大廳前的花圃裡栽植的全是粉葵，密密匝匝的一片淡粉，倒也賞心悅目。這是娘最不喜歡的種類，當年蕭家莊也只有用做客房的幾處院落種了些，粉葵形似牡丹，雖豔卻少了屬於菊的那分風骨。小源瞧著，心裡倒舒坦了，「蕭菊源」並不懂菊。

春菊大多凋謝，夏菊才打苞，幾個花匠忙忙碌碌，挑選開得好的花朵剪下，丫鬟們托著考究的花瓶，配合花匠們擺出滿意的形態。小源極輕地冷笑出聲，蕭菊源非但不懂菊，更不愛菊，真正的愛花人，怎捨得把高傲花枝折斷，只自私地欣賞短暫的綻放？她以為自己已經很小聲了，裴鈞武和伊淳峻還是都回頭看了她一眼，小源有些懊惱，她又忘記以他們精湛的內功，再細微的聲響也逃不過他們的耳目，她太大意了。

「武哥。」廳裡屏風後傳來一聲嬌軟婉轉的呼喚，人也款擺生姿地走了出來。「師兄妹們都到了？」

小源緊緊握住拳，十年了，她似乎還沒準備好這一刻的見面！

「蕭菊源」穿了身粉紅的紗衣，黑髮雪膚，眼睛因為內功深厚而明亮豔麗，長長的睫毛微微忽閃著，含著笑帶著羞打量著每一個人。她的身材高眺豐滿、穠纖合度，細柔的腰肢顯出嬌媚風流。

小源看著她，真是完全都認不出了，當年瘦弱怯懦的黃小荷的確變成了一個美人。

一直老實又嘴快的拓跋元勳張著大嘴看了她一會兒，有感而發道：「這樣的姑娘竟然是李師叔的女兒?!」

元勳說得對，雖然母親有菊仙子的美譽，眼前的少女卻豔美如牡丹。尤其是她看男人時似羞非羞、含情帶笑，一瞥而過的神態，撩得女人都會心旌搖曳，根本沒有高潔孤傲的菊韻。

女人看女人挑剔又敏銳，嚴敏瑜帶著略微的酸意仔細地看了蕭菊源一會兒，撇了下嘴。這個少女很美，卻美得很膚淺，哪兒都漂亮，也很撩人，說她是第一美女吧，似乎也當得起，只是……她根本比不上小源！

蕭菊源很美，雖有美態卻無豔骨！她的美貌和嬌滴滴的神態讓人心裡癢癢的，下流點的馬上就會產生肉慾。可真正的美女應該是小源那樣，不用一言一語，默默地站在那兒就能讓人為她瘋狂了。她又想起李元昊看見小源時的情景，小源對他冷冷地連個好臉色都沒有，李元昊簡直癡迷了，若不是師父和元勳出面，還不知道這個西夏太子要做出多離譜的事。這才是美人該有的魅力吧？讓人癲狂的本領幾乎像是蠱術，而不是蕭菊源這樣，美得有點兒膩。

「這位是……」因為伊淳峻太過耀眼，站得離裴鈞武又實在太近了，蕭菊源甜笑著先對他開了口。這一看，她驚嘆中忘記收斂自己的情緒，直直地盯著他的臉，回神後紅了臉，垂下頭不敢再看他。

「在下伊淳峻。」伊淳峻微笑著回答，態度從容，像下考語似地說：「妳的皮膚真好，比我的都細滑。」他的聲音很好聽，清越而富有磁性，偏偏說出這麼句話來，讓人感覺十分怪異。

裴鈞武失態地咳了一聲，蕭菊源像受了驚嚇似的猛然抬頭看伊淳峻，嘴巴動了動，喉嚨裡像梗了塊東西上不來下不去。

大家都很同情她的感受，因為都是過來人，伊淳峻不說話還好，一開口——神像便崩塌了。

伊淳峻又用說不清道不明的曖昧眼神看著裴鈞武，幽幽地說：「這就是你的未婚妻啊……還不錯。」

裴鈞武面無表情，嘴角輕微地抽動，其實這是一句很平常的話，可讓伊淳峻那麼怪裡怪氣地一說，就是讓他毛骨悚然。

蕭菊源的確是心機過人，平復了一下情緒，又笑咪咪地開口岔開話題，她很不見外地對元勳說：「這位就是拓跋哥哥吧？」

「嗯。」元勳點點頭。

嚴敏瑜卻暗自很不屑地撇嘴，拓跋哥哥？真夠肉麻的！

「嚴師姊、李師姊？」蕭菊源禮貌地問候。

嚴敏瑜就是覺得她對師姊妹不如對師兄們熱絡，騷狐狸！她懶懶地應了一聲。

小源嘴角含笑，靜靜地看她，明明比嚴敏瑜還大，卻做作地喊她們師姊？蕭菊源越俗豔，她就越高興，這笑意儘管諷刺，被人皮面具一擋，倒顯得比嚴敏瑜和氣多了。

第九章　有山有水

歡迎師兄妹們到來的接風筵席從中午就開始了。

裴鈞武坐在上首，話不多，但態度很親切，淡淡的微笑讓所有人都感到心情很好。他的俊美和伊淳峻不同，裴鈞武笑的時候很雅致很醇和，不笑的時候便有超越年紀的威儀。他彷彿天生就是要接替竺連城成為掌門似的，讓人心悅誠服。

蕭菊源坐在裴鈞武的身邊，熱情地招呼大家喝酒吃菜，儼然就是裴家別院的女主人。

小源因為管不住自己總是打量蕭菊源，所以話就少了，吃得很沈默。「蕭菊源」有著一種極其顯著的優越感，或者說很自信，即便對各自來頭都不小的同門也神態自如，主人氣派十足。

裴鈞武和她從小青梅竹馬，感情自然深厚，他總時不時含笑看蕭菊源一眼，蕭菊源對他的注目也極其注意，只要他看過來，她就能發現，與他會意地相視一笑。

「源兒。」他好聽的聲音在喊蕭菊源的名字時，格外有撩動人心弦的魅力。

正在胡思亂想的小源很自然地應了一聲，無意識地轉過眼神來看他，原來他喊的不是她。

因為她突兀地出聲，大家都笑了，裴鈞武也跟著淺淺微笑，優雅又體貼地說：「我倒忘了，李師妹的名字也有這個字。」

「武哥，那以後你就叫我菊源，這樣不就區別開了嘛。」蕭菊源的笑總是很甜，太甜了，就有點兒假。她總是不自覺地模仿當初「菊源小姐」說話的語氣和笑容，但是她忘記了，那畢竟是個六歲女孩的舉止，如今的她養成了這樣的習慣，顯得十分嬌嗲。

裴鈞武想了想，低笑了一聲，搖了搖頭。「不好，叫不慣。」

嚴敏瑜有點兒看不上蕭菊源撒嬌，連累得裴鈞武都好像在和她打情罵俏，她粗聲大氣地說：「那你們就叫她小源，我們平時也這麼叫的。」

小源含笑點頭，設想著將來這位冒牌蕭家大小姐的身分被揭穿，裴鈞武怎麼面對今天這副毫不避嫌的柔情密意？還能眉眼含情地喊她「菊源」嗎？雖然她不該討厭裴鈞武，當初李代桃僵只怪她沒聽娘的囑咐，可裴鈞武對「蕭菊源」的情意卻讓她十分厭惡。想著將來裴鈞武的驚怒錯愕，她就一陣痛快，很解氣。

桌上因為嚴敏瑜不太客氣地大聲吆喝有點兒冷場，裴鈞武只能另外挑起話題。他轉頭看伊淳峻。「伊師弟，藍師叔近年可好？」藍師叔和師父沈穩的個性完全不同，喜歡四處雲遊，就連他也沒見過幾面。

伊淳峻說起自己師父的神情也帶著那麼點曖昧勁兒，有些怨怪地說：「我也是幾年沒見著師父，想念得受不了，竺師伯召集同門，我想著師父也許會出現，才急急趕來。」

伊淳峻說這話的神態像極一位嬌嗔少女，偏偏他五官生得極美，表情生動地說話時，也添了銷魂的味道。站在他對面，元勳身後執壺的丫鬟看得入迷，酒壺直直落地摔得粉碎。

裴鈞武有點兒頭疼，沒心思責怪丫鬟，揮手讓滿面羞慚的丫鬟退下。

伊淳峻的眼神變得有些迷濛飄忽，完全不顧這一桌師弟師妹，兀自陷入自己的思緒。

「師父他一直不太會照顧自己，我不在他身邊，不知道他可按時吃飯、及時換衣……」

除了裴鈞武還勉強支撐著自己表現淡然，所有人都埋首吃飯，臉都快探進各自的飯碗，實在是不知道該露出什麼表情，才算對得起伊師兄這番動情表白。藍延風也算江湖上宗師級別的人物，需要人操心他吃飯穿衣？

元勳盯著自己碗裡的飯粒，這位伊師兄實在太可怕了，先是裴師兄，再是他師父，敢情師門也不耽誤他吃窩邊草啊！這麼一想，他也很危急！從師祖秦初一開始，徒弟緣就一直不怎麼好！太優秀的人都會遭到天譴，看來有些道理。上一輩出了師父拓跋寒韻，沒想到這回輪到藍師叔。

「師兄，你說，我師父這回能不能來？」伊淳峻滿懷期待地看著裴鈞武。

裴鈞武揉了下太陽穴。「應該……會來吧。」他說完喝了口酒，從沒這麼心力交瘁過。師父怕拓跋師叔教不好徒弟，所以找個藉口召她的三個弟子來，又不傷她臉面。可沒想到這位來路不明的伊師弟也跟著來湊熱鬧，伊淳峻笑著看他的時候，他真是脊背一陣陣發涼。

「我這次來，一是想見見師父，二來嘛……」大家還在各自驚魂未定，伊淳峻倒極其正常地開了口，甚至很嚴肅。所有人又直直地看著他了，這人的情緒轉換得太快，大家都有點兒跟不上。「我們既然是同門，那就是兄弟姊妹了。」他微笑。「即便這樣，也該丁是丁卯是卯地先說清楚。師伯這次叫我們來，無非是蕭師妹的身分引起了江湖騷動，希望同門手足能出力保護蕭師妹和蕭家寶藏。」

大家聽得一愣一愣的，他這上半句和下半句銜接得也太勉強了吧？

「無功不受祿，有功當然要給錢。放眼宇內，自問能贏過我的不超過五人，其中四人還都是同門。我和師兄聯手，菊源妹妹可說是高枕無憂。既然有驚世寶藏，沒有你吃我看的道理，尤其我們還要出力，而且不知道要耗上幾年。我不貪心，找到寶藏，我和拓跋師弟，嚴、李兩位師妹共分一成，你們夫妻二人占九成。公平合理，得錢出力，如何？」

裴鈞武面無表情，眉頭微皺，看了他一會兒沒說話。

蕭菊源震驚地愣了半晌，顯然沒想到這位伊師兄會開門見山地提出這個問題。

李源兒看著他們各自的表情，忍不住想笑，好一個伊師兄！他喜歡男人，又很喜歡添亂，她真是越來越喜歡他了，說不定伊師兄會成為她的好幫手。

「我同意。」她心情很好，語氣分外輕快，忍不住要出言支持一下伊師兄。

伊淳峻向她投來讚許的目光。

「小源，這樣好嗎？」嚴敏瑜和拓跋元勳都有些猶豫，同門守望相助卻赤裸裸地談起了價錢，這……太超乎他們想像了。

「不好嗎？我覺得伊師兄說得很有道理，而且價錢也很公道。伊師兄，我們三個武功低微，這一成如果能分，你一個人占一半好了。」

「親兄弟還要明算帳，價錢談好，我們各盡其責，心無罣礙，不比藏著掖著不明說出來強啊？」伊淳峻點頭笑道。

「武哥……」蕭菊源緊皺眉頭，探詢地向裴鈞武投去詢問的眼光。

裴鈞武已經平靜下來了，其實伊淳峻說的不是沒有道理……這世道果然現實。「源兒，這是蕭家的事，還是妳來決定吧。」

蕭菊源沈吟了一下，雙眉一展，大方地說：「可以。」

小源冷笑，這空頭銀票蕭菊源她倒開得痛快，蕭家寶藏的一塊碎銀蕭菊源她都沒摸到邊，看看這事要怎麼收場！

下人傳報門口有四個人要求見伊公子，放進來才知道是伊淳峻的下人，兩男兩女，男的英俊昂藏，女的嬌俏玲瓏。

裴鈞武不動聲色地看著這四人，他們已經訓練有素地站在伊淳峻的身後了。從他們的氣息和走路的姿勢，他知道他們都是高手，而且學習的是本門的武功，看得出，他們都是伊淳峻悉心教導訓練出來的。這個伊師弟……不簡單！

「我交代的事辦好了？」伊淳峻低聲問，眉目之間全是冷峭的威嚴。

「是，少爺。」為首的男子躬身拱手。

「拿來。」伊淳峻一伸手，一個少女把一疊東西放在他手裡，他看了一會兒又交還給少女，手瀟灑地一擺。少女一點頭，開始分發給席間眾人。

「這是我的貼身下人，風雨雷電，以後你們有事儘管吩咐他們。這張名帖可以在我成都的胭脂鋪隨意拿貨，師妹們不要客氣。」

蕭菊源拿著精緻的名帖仔細看了一下，吃驚地說：「瑞蘭軒？瑞蘭軒是你開的？」那是新近成名的胭脂花粉鋪，上到皇宮大內，下到百姓人家都十分推崇這個名號。

「嗯，」伊淳峻有些得意。「我知道，菊源妹妹一直也是我的貴客，果然是有錢人，都是用最高級最昂貴的那種。既然認了我這個哥哥，菊源妹妹，從此妳就不必再花這些脂粉錢了。」他慷慨地說。

蕭菊源愣愣地看他，他實在太讓人吃驚了。

嚴敏瑜翻來覆去地看著那牌子，上面的字她沒幾個能認識，而且一直遠在塞外的他們可不知道什麼瑞藍瑞綠的。她疑惑地看著伊淳峻。「這片子上有山有水的三個字就是招牌嗎？」

這句話的效果有如伊淳峻說他喜歡他師父。

裴鈞武的表情更僵了，久久說不出一句話，拓跋師叔教出來的徒弟與藍師叔的徒弟很有一拚，簡直兩個極端。

伊淳峻倒挺想得開，還微笑地好心講解。「那有山有水的三個字不是招牌，是我的名字。」

拓跋元勳詢問地看著蕭菊源，她好像知道伊師兄鋪子的詳細情況。「這店很大嗎？」

蕭菊源瞥了伊淳峻一眼，看他的眼神也起了變化，有些莫測高深。「很大，大江南北都有分號，連皇宮大內都用瑞蘭軒的胭脂花粉呢。」

拓跋元勳皺眉，有點想不通。「那……伊師兄豈不是很有錢？為什麼還開口閉口就是錢呢？」

伊淳峻笑了。「因為我愛錢。」

第十章 峰迴路轉

小源醒得早，剛翻了個身，丫鬟就敲門問要不要伺候梳妝。

小源冷漠地挑了下嘴角，起身為丫鬟開門，四個丫鬟捧著盥洗用物魚貫而入。蕭菊源派這麼多丫鬟，不知道是真殷勤，還是處處防備著這幾個遠道而來的同門？

若說蕭菊源會懷疑她的身世，小源還是不信的，當初師父來中原實屬巧合，蕭菊源也萬不會想到她遠走西夏，只不過蕭菊源居心叵測慣了，事事留了三分心眼而已。

小源梳妝完畢，漫步出門，霜傑館內仍舊是昨日景象，花匠丫鬟採下無數美麗花枝，小源仗著人皮面具遮擋，隨心作出不屑的神情。霜傑館後園栽植了很多名種菊花，萬紫千紅爭奇鬥豔，可惜紛雜無章，像暴發戶曬寶。

小源踱進院門看見這麼副景象，忍不住噗哧笑出聲來，「蕭家大小姐」的品味真可怕，裴鈞武難道也覺得這樣好看？可惜了他一副謫仙皮囊，內裡同蕭菊源一樣俗氣。

小源走到一叢「冷秋波」前，默默看它們雅致的顏色、曼妙的花朵，看得入了迷，若是人為花神，娘便是這樣高傲冷豔的花王吧。

「李小姐喜歡這種花？」一個花匠不知道什麼時候提了桶水進了園。

小源不願與他多話，隨便點了點頭。

「那我叫他們剪幾朵極好的，送到您房裡擺設。」花匠討好地說。

「不必！」小源的聲音冷了下來，甚至帶了點兒怒意。

「我真納悶，你們家菊源小姐是不是個真正的愛花人？」永遠帶著半分戲謔的好聽聲音，小源回頭，果然看見伊淳峻穿了件鵝黃的長衫站在籬笆外，柔和的晨光照在他原本妖嬈的五官上，倒減了媚氣添了高貴。他微笑著向小源點頭致意，繼續說道：「真的愛花，怎麼捨得把它們做成折枝？而且……」他一臉不敢恭維地環顧了下四周，嘖嘖有聲。「菊源妹妹是李師叔的女兒，怎麼……」

小源笑著看他，這幾句話太合她心了，尤其是看見蕭菊源和裴鈞武已經走到伊淳峻的身後。她知道以伊淳峻的耳力，早就察覺他們二人，這番唱作俱佳怕是故意演給這兩人看的。

「怎麼了？」蕭菊源強作笑容地出聲問。

伊淳峻像是才發現他們到了身後，翩然回身，從容的神情又明擺著早就知道他們來了。「沒什麼，只是太讓人眼花撩亂些。」

小源的笑容擴大，對這位伊師兄的好感更多了。

蕭菊源不語，裴鈞武淡淡開口。「霜傑館啟用並不久，這後園本用作花圃，將來自然要點綴安插的。」

小源看著裴鈞武，看來他也知道這後園的問題，總算沒讓她太失望。

蕭菊源撒嬌般勾住裴鈞武的胳膊，略含感激地抬頭衝他笑，應該是感謝他的解圍。裴鈞武對她的親密動作似乎感到赧然，輕微地閃避了下，反而被蕭菊源更緊的勾住，他不好駁她的面子，便不再抗拒。

小源又忍不住笑，她想起在花溪的時候伊淳峻勾裴鈞武的手臂，他的表情其實很好笑，現在又輪到蕭菊源了，真希望她和伊淳峻能成為情敵。

「小源妹妹，什麼事這麼開心？」伊淳峻突然開口說，口氣不甚和善。

小源知道自己大概笑容太大，人皮面具都擋不住了，伊師兄難道看透她正在暗笑那天的事？正要隨便找個藉口，卻見伊淳峻沈著臉，走到裴鈞武和蕭菊源中間，一把扯住裴鈞武的袖子——

「裴師兄，你說這滿園菊花，哪種最美？」說著一帶，硬是把裴鈞武扯得向前半步，蕭菊源的勾挽落了空。

原來他是不高興這個啊……小源雖然只看見伊淳峻的後背，但從他動作的嬌媚程度，幾乎能想見他含嗔帶怒的魅惑神情。裴鈞武又出現那種吞蒼蠅的古怪表情了，小源覺得因為伊師兄的出現，她原本認為沈重苦澀的探尋之旅，變得如此充滿樂趣。

嚴敏瑜和拓跋元勳也找了來，嚴敏瑜離老遠就抱怨地嚷嚷。「你們一早來賞花，怎麼不告訴我們一聲！」

元勳卻直直地看著伊淳峻拉著裴鈞武袖子的手，一副神魂游離的樣子，走近了也沒清醒，吶吶地問裴鈞武。「你們倆不是真好上了吧？」

一句話像雷一樣劈死了不少人，裴鈞武面色鐵青，蕭菊源神情難看，伊淳峻倒像是受了什麼恭維，笑咪咪的。

「什麼?!」嚴敏瑜也在受劈之列，她無法置信地眨著眼。「不是吧？這麼快！是不是昨天晚上發生了什麼?!」

小源再也忍不住笑出聲，她一笑，裴鈞武好像如夢初醒，憤恨地甩掉伊淳峻的手。

伊淳峻受了嫌棄還是心情很好，對還處在震驚中的元勳和嚴敏瑜說：「還沒這麼快，可能……」他又意味纏綿地看了裴鈞武一眼。「還需要一些時間。」

裴鈞武應該是被伊淳峻折磨瘋了，雖然沈著臉，好像和平時也沒太大變化，但卻顛三倒四地說：「我要成親了！和……和源兒！」

蕭菊源臉一紅，終於緩了過來，也有了些笑模樣，嬌滴滴地喊了聲：「武哥……」

「到廳上說正經事吧！」裴鈞武口氣又冷又沈重，顯然是被伊淳峻的再三挑釁惹發火了。

伊淳峻自然是很會察言觀色，這會兒也端正了臉色，正經得不能再正經，大家一路無語地去了大廳。

裴鈞武坐在上首，看來這一路平復了不少，雖然明顯不悅卻不像剛才怒形於色了。「今年是李師叔和蕭公子的十年整祭，師父要我們陪源兒一起去蕭家莊祭拜，我們今天就動身吧。」

小源無法遏制地一顫，祭拜……她以為沒機會回去，沒想到峰迴路轉。剛才的愉快輕鬆全消失無蹤，她覺得突然有塊石頭壓在她的心口，無比沈重，竟然是與「蕭菊源」一起重回故地。她冷漠地看了眼坐在裴鈞武身邊的蕭菊源，她似乎正因為提起父母而泫然欲泣，神情很是哀痛。

「聽說……」小源實在看不下去蕭菊源裝出來的虛偽悲痛，有點兒賭氣地開口。「李師叔和蕭公子的死因至今成謎，不知道這些年蕭師妹可查到什麼頭緒嗎？」

蕭菊源聞言一凜，皺眉看小源，小源也知道自己這麼說是平白惹她生疑，可就是忍不住要刺一刺她。

「哦，我也只是單純好奇。」小源淡笑了一下，故作輕鬆。「我們遠在西夏，卻也聽了不少傳言。」

「就是！」一說這話，嚴敏瑜也來了勁，滔滔不絕地搶過話頭。「聽說高天競竟然破解了師祖的得意之作菊仙蹤？這怎麼可能呢？既然他有這麼大本事，怎麼會被突然冒出來的滅凌宮主抓住？他都逃亡了十年，應該很有經驗了呀！」

「這些問題恐怕只有滅凌宮主能回答你了。」伊淳峻抿嘴笑。「他是最後見過高天競的人。」

嚴敏瑜連連搖頭。「那根攪屎棍我可不要再見了。」

伊淳峻聽了，笑容一僵，有點兒埋怨地說：「嚴師妹，妳可真粗魯。」

被美男這麼一說，嚴敏瑜也不好意思了，乾笑了一聲不再說話。

元動點頭，贊同伊淳峻的評語，數落師姊說：「妳快別再提這個，小心又被抓去！」

嚴敏瑜胸膛一挺。「現在有裴師兄和伊師兄在了，我們怕他什麼？還要去找他問個明白呢！」

小源不鹹不淡地說：「這是蕭師妹的家事，你們這麼著急幹什麼？蕭師妹都沒說要去找滅凌宮主問個明白。」

蕭菊源鎮定地笑了下。「我們也一直在追查滅凌宮主的下落，等祭拜完先父先母，就專心找出這個人。」

小源一笑，像是沒聽見她說話。

裴鈞武人雖看上去溫和，做事卻是雷厲風行，說走就走。早飯吃罷，一行人便簡單地收拾了行囊前往雅安。

小源走在大家的後面，幸好有面具，不然一定會被蕭菊源看出破綻。但她還是想躲開所有人的視線，這回家的路，她走得太過激動，難免會露了形跡。

裴鈞武、伊淳峻他們因為輕功上佳，去哪兒都不喜歡騎馬，以他們的身手，馬匹反而是累贅。一路上嚴敏瑜和元動圍著伊淳峻有說有笑，之前他們纏著裴鈞武，現在又出現個比裴鈞武有趣一百倍的師兄，他們倆都齊齊改換了目標。

蕭菊源依傍著裴鈞武走在最前面，小源發現她時不時回頭觀望自己，相比嚴敏瑜，蕭菊源對她的戒心高了不少。小源暗自嘆氣，她的偽裝功夫不到家，心計沒蕭菊源那樣深，武功也不如蕭菊源好，想報仇一時半會兒還真是奢想。偏偏她又莫名其妙地敵視自己，難不成也要裝成嚴敏瑜那樣，花癡兮兮地追著伊淳峻叫「伊師兄～～」，蕭菊源才能放鬆警惕嗎？

小源突然覺得步行很累，心更累。

她不得不逼自己想點兒別的，當初得知娘親的二位師兄都喜歡娘還不覺得什麼，可現在她長大了，知道誠心喜歡一個人的心意十分難得，更何況那個人已經不在十年了。竺師伯在這種風雨欲來的情況下，還惦記著爹娘的忌日，實在是個長情又善良的人。她很期待見到他，君子報仇十年未晚，等找到滅凌宮主弄清當日情況，她便要長隨竺師伯學好功夫，慢慢找仇人清算。

蕭菊源又回了一次頭後，連裴鈞武都轉頭看她了，小源只覺得厭煩！不就是因為她支持伊淳峻分寶藏，顯得和她兩位師姊弟不同嗎，犯得著這兩個人防賊似的盯著她？

裴鈞武停住腳步，有些抱歉地開口。「是我疏忽了，李師妹……和嚴師妹都累了吧，腳步都沈了，我們休息一下再走。」

小源本就因為重回故地而心浮氣躁，又滿懷對裴鈞武和蕭菊源的不滿，聽了裴鈞武這體貼的話，掩不住的小性子頓時就發作起來。「腳步沈？那是因為我們功夫不好，走不出你們那麼輕盈的步子！」

大家都有些愣神，不明白她為什麼突然就發起火來。

「小源，妳幹麼生這麼大氣？」嚴敏瑜皺著眉，小源雖然說不上脾氣好，但也從沒這麼任性過。「元勳，是不是早上你又惹她了？」

「少瞎說。」元勳不服氣。「我什麼時候惹小源不高興過。」他抱歉地看著裴鈞武。「師兄，你別見怪，小源從小就被當作我的王妃，我父王母后再加上師父都嬌慣得不得了，寵壞了。你們看在我的面子上，讓著她啊。」

裴鈞武垂下眼，沒有接話，不悅之意已經表現出來。

「王妃啊？」伊淳峻又開始表演起來了，他最會故作驚訝實則譏嘲那副腔調。

小源冷冷瞪了他一眼，也沒影響他繼續說下去——

「那可不得了，只是……」他挑眉，像是疑問，在小源看來全是挑釁。「我也常去西夏做些小生意，怎麼沒聽說過這麼位王妃娘娘啊？」

小源咬了下牙，正要發作，卻看見蕭菊源得意地笑著看熱鬧。小源冷笑，才不要白作戲給她瞧呢！

「那是你見識少！」她還是忍不住刻薄伊淳峻一句，之前還以為他對蕭菊源沒好感，這會兒又來譏諷她了，兩邊都不討好。

「哎呀，你們不知道。」元勳趕緊解釋，生怕小源受了委屈。「我和小源青梅竹馬，西夏宮中人人都把她當小王妃的，只是我們年紀都還小，親事就沒正式定下。這次的事情一了，也請各位到安慶喝一杯喜酒啊。」說著自己還高興起來，哈哈大笑。

小源真有些無奈，從小他就喜歡說這套沒邊兒的話，西夏誰把她當王妃了？真是信口開河，一廂情願。但眼下她還真不好反駁元勳的胡言亂語，何必在蕭菊源面前節外生枝呢，讓她知道她對「武哥」是沒危險的也好。

嚴敏瑜點頭，完全贊同元勳的說法。「就是，元勳要不是仗著青梅竹馬，就他那德行，小源的手他都摸不到！小源這樣的美人，搶著娶她的人從安慶排到中原啊！」

「是嗎？」蕭菊源似笑非笑，顯然覺得元勳和嚴敏瑜在吹牛，而且心裡也發酸，有點兒過分地說：「小源這樣的美人？」

她的語氣立刻把嚴敏瑜的炮筒子脾氣點著了，下巴一抬。「是啊，她只不過怕妳自卑才擋著臉，妳給她提鞋都不配！」

蕭菊源臉都變了色，自從變成了「蕭菊源」，還沒人這麼和她說過話呢！她雙眉一蹙，眼淚就滾了下來，無比委屈地往裴鈞武身上靠。「武哥……」

裴鈞武皺眉，十分頭疼的樣子。「好了！又不是小孩子，這樣口角又何必呢？」

伊淳峻也陰陽怪氣地說：「趕緊上路吧，走累了就沒力氣吵架了。說起來還是武神秦初一門下，幸好師祖早早被氣死了，不然活到現在看你們這樣，更冤枉！」

小源又瞪他，不過大家再次上路，她倒覺得腳步輕快了很多。不管怎麼樣，她的活寶大師姊竟然把蕭菊源氣哭了，誰說大師姊不是個天才？

第十一章　蕭氏廢墟

小源的腳步突兀地停在樹林轉角，這裡她太熟悉了，繞過這個彎……便可以看見家了。她的呼吸無法控制地加快，心也怦怦跳，小源生怕被那幾個內力好耳朵尖的人發現異常，只好拿起腰間的水葫蘆大口大口喝水，希望能壓下自己此刻的失態，喝得太急，反而嗆得起了一陣劇烈咳嗽。

「妳怎麼了？」蕭菊源盯她盯得很緊，立刻就轉過身來發問。

蕭菊源說話算不得客氣，可見嚴敏瑜那句提鞋都不配讓兩人結下了梁子。

小源根本不想回答她，看她一眼都覺得厭惡，蕭氏廢墟難道不是她的罪證？她怎麼還能如此理直氣壯毫無愧色呢？甚至……裝出她是這些斷壁殘垣的可憐舊主？

其實小源想灑脫點兒的，既然蕭菊源已經陷入高天競相同的悲劇，替她折磨蕭菊源的人估計多著呢，可她就是解不開這個心結。真想當著裴鈞武、當著竺師伯大聲揭穿黃小荷的真面目！

嚴敏瑜擔心地走過來，拉她的手，撫她的額頭。「小源妳沒事吧？是不是不舒服啊，手心全是汗。」

「大……大概是要傷風吧。」小源皺眉，隨便說了個理由。

「也是，我們很久沒走過這麼遠的路，累的。」嚴敏瑜點頭，她也走得累死了。

「可惜這裡沒個休息的地方。」裴鈞武躊躇道。「是我思慮不周了。」

蕭菊源眼珠一轉，故作體貼地說：「以嚴師姊他們的腳程，我們今晚是趕不回成都了，我倒知道一個地方可以休息一晚。」

裴鈞武微笑點頭，顯然知道她說的是什麼地方。

小源覺得新的一股怨憤又衝進腦袋，她也知道蕭菊源說的是什麼地方。她悔恨了十年，悔恨了無數次告訴她的地方！

「我們快去祭拜吧。」蕭菊源垂下頭，傷感地說。

裴鈞武終於不忍，主動拉起她的手，領著大家一同轉過樹林。

小源感覺心就在熱血裡一下一下的撲騰，窒息，又一身虛汗。

終於，她看見了那片總是出現在她惡夢裡的廢墟。

她緩緩展眼望去……每一道焦黑的樑柱，每一面半塌的殘垣，一切都如十年前深烙入她心裡的那幕。

「武哥，我有些怕。」蕭菊源偎進裴鈞武的懷裡，裴鈞武沒有閃避，反而安撫般地摟住她，輕拍她的後背。

小源木然看著這堆廢墟，這裡有她人生最幸福的時光；有爹，有娘，有家。她生活得那麼安心，她以為世界上只有讓她心醉的美麗和善良。怕？怎麼會怕呢？無論變成什麼模樣，這裡仍舊是她的家啊！

伊淳峻細心地擺好了祭拜的物品，挨個兒為每個人遞上香，卻不等蕭菊源，自己在素燭上點燃祭香，滿臉肅穆地跪下，嘴裡還唸唸有詞。

元勳看著好笑，覺得他喧賓奪主，正想說兩句，裴鈞武已經扶著蕭菊源也跪下開始行禮祝禱，他趕緊一拉嚴敏瑜，跟著一起上香。

小源死死地捏著香，長跪於地，她多想痛快地大哭一場。其實她心底有個最不願承認的問題，如果真的是黃小荷讓高天競發現了密道，那就等於她間接害死了爹和娘！她快要被逼瘋了，黃小荷固然是仇人，可她自己呢？她自欺了十年，可在這裡她還能裝作糊塗嗎？

元勳等大家都起身後發現小源還保持著跪伏的姿勢，雙肩也不停顫抖。

「小源！」元勳大驚失色。「妳怎麼了？」他快步上前扶起她，發現她呼吸急促，滿頭是汗，面具原本就粗劣，被她的汗水和淚水打濕，她的頭一動便脫落了下來。

即便元勳已經看了她十年，面具落下的一瞬，他還是覺得目眩神迷。她的臉色蒼白，顯得櫻唇格外嬌柔，淚痕猶在，長睫沾了淚水益發濃密纖長，微微顫動，那副嬌態真是把人的心都揉酥了。

「妳怎麼了？」元勳不自覺地軟了語氣，摸了摸她的額頭。「妳發燒了，好燙！」他又大驚小怪起來，一把抱起她，慌慌張張地原地轉圈。「裴師兄、伊師兄，怎麼辦？小源病了！小源病了！」

蕭菊源也看得呆了，被元勳的聒噪驚醒，她立刻看裴鈞武的反應，他正神色莫辨地看著小源，說不上驚豔，也絕對算不上漠視。

蕭菊源很不是滋味地開口道：「果然是個美人……」

伊淳峻苦笑著上前拉住手足無措的元勳。「你再轉一會兒，她真徹底暈了。來，讓她把這個吃了。」伊淳峻從荷包裡拿出個精緻的玉瓶，傾出一顆小丸，送到小源嘴邊讓她嚥下。他又不緊不慢地轉身看蕭菊源。「小源的病來勢洶洶，菊源妹妹，妳說的休息之處在哪兒？」

蕭菊源面色冷淡，帶著眾人進入密道，直至山洞。嚴敏瑜嘖嘖稱奇，沒想到不起眼的地方竟藏著這麼個隱密的去處。蕭菊源隱有得意之色，她能在裴鈞武等人面前指出這條密道，更能顯出她是蕭家後人的身分。

裴鈞武生了火，元勳捨不得把小源放在地上，自己坐在地上，小心翼翼地抱著她不鬆手。

伊淳峻看了發噱，對元勳說：「你這麼抱著她，小源妹妹會更不舒服，你把外衫脫下鋪在地上，用我這包袱墊著她的頭。放心，我的藥很靈，保准明天一早還你個尖牙利嘴的小美人。」

蕭菊源藉著伊淳峻的話冷笑出聲，嚴敏瑜很看不慣她，瞪了她一眼開始幫著元勳鋪外衫，按伊淳峻的方法讓小源躺下。

伊淳峻走過來，蹲下身摸了摸小源的額頭，又看了她半晌，幽幽說：「即便是我，也羨慕這張臉呢！」

元勳和嚴敏瑜當場又崩潰了，嚴敏瑜還難得體貼地安慰說：「有山有水，別灰心，你和她半斤八兩的。」

伊淳峻聽了，抿嘴一笑，當真耀眼生輝，嚴敏瑜暗暗覺得，論風騷……好吧，風流，小源還是輸這個妖孽一籌。

伊淳峻脫下自己的外衫，憐惜地蓋在小源的身上。「愛美之心，讓我也變得無私起來，這衫子是姑蘇杏夢軒的極品，我也捨了。」

元勳和裴鈞武一起捏額角，這是他和裴師兄新學的，還真是很能舒緩因伊師兄而產生的無奈和驚駭。

小源因為心緒混亂引發風寒，雖然聽見他們說話卻無心理會，伊淳峻的藥又有強烈的安神作用，睏倦之意很快就壓服了她凌亂的思慮，倒為她意外地帶來了一場好眠。

小源醒得早，山洞被濛濛晨光照著，顯得格外的隱密而荒僻，裴鈞武和伊淳峻都盤膝打坐，他們即便是睡覺都在修練內息，無怪變成了一等一的高手。小源看了他們幾眼，其他人沒那麼高深的修為，都胡亂靠著牆歇息，小源冷眼瞧了蕭菊源一會兒，雖然她也算武功出眾，但比起一同跟在竺師伯身邊學武的裴鈞武相差太遠，資質平庸。

小源站起身，爬上土坡，像那一晚無數次做過的那樣遙望山下的家園，心裡說不出是什麼滋味。

「誰？誰在那裡?!」一個陌生的少年聲音。

小源不便躲回山洞，免得讓來人發現洞中秘密，只能故作鎮靜地俯視站在離洞口不遠的華服少年。

少年愣愣地盯著小源看，沒想到荒山野嶺竟突然有這樣的絕色少女出現。「妳……妳……是仙女嗎？」少年吶吶地說。

小源耳邊響起風聲，兩道身影一左一右從洞中掠出來，站在她身前，護衛她一般，也為她擋去少年癡迷的目光。

少年看見裴伊二人，神色清明了些，皺眉盯著裴鈞武看，似乎想起了什麼，不太確定地問：「閣下可是裴鈞武裴公子？」

裴鈞武倒有些意外，著意細看了兩眼山腰上站的少年，長相也十分英俊，氣度不凡。「公子何以認得在下？」裴鈞武對此人毫無印象。

少年爽朗地哈哈一笑。「將近十年不見，裴公子竟不認得我了，在下慕容孝。」

裴鈞武聽了雙眉一挑，再細看慕容孝，還是有些孩童時候的影子，不由也笑著抱拳。「慕容公子一向安好。」

洞裡的人陸續走出來，都好奇地看這位慕容公子。

慕容孝也不見外，提氣一掠，身態優美地掠到洞口，他撇開其他人不理，只含笑看著小源，語氣裡也有些意味深長。「蕭姑娘，長久未見，也都好吧？」他似乎有些詞窮，不倫不類地問候完，俊臉還紅了紅。

慕容孝？小源也細打量了他一眼，當初爹娘就在他和裴鈞武兩人中為她擇婿，她自然記得他的名字。他應該從未見過她，只憑感覺倒誤打誤撞地認對了人。

小源看蕭菊源一臉不悅，心情轉好，對這位慕容公子有了幾分好感，唇角不知不覺便帶了淡淡笑意。

伊淳峻笑起來，慕容孝本想問他笑什麼，轉眼一瞧，竟瞧得愣了，這個男人未免太好看了些。

「慕容孝，你認錯了人，菊源妹妹不高興了。」伊淳峻挑著眉毛說話的時候，總有那麼點兒娘娘腔，慕容孝一寒，臉色都變了。

元動想笑，又一個被伊淳峻這副腔調噁心著的人。

蕭菊源聽了，淡淡道：「伊師兄說笑了，我哪有那麼小心眼兒。」

慕容孝奇怪地看了看蕭菊源，又看了看小源，雖然覺得初見的仙女妹妹更像當初的李菊心，到底也是世家出身，圓滑地一笑。「我與蕭姑娘緣慳一面，一時認錯，請姑娘莫怪。」說著向蕭菊源作了一揖。

蕭菊源也搖曳生姿地回禮，說：「慕容公子無須掛懷。」

嚴敏瑜瞧不上蕭菊源看見男人就一副狐媚子樣，不屑地撇了撇嘴。

裴鈞武請慕容孝進入山洞，幸好蕭菊源早就關閉了密道，慕容孝也只以為這是個普通的山洞。裴鈞武把師兄妹們介紹了一番，問他怎麼會一早上在山裡出現。

慕容孝性格似乎十分爽朗，很愛笑，沒回答問題自己先笑了兩聲。嚴敏瑜和元勳這兩個愛笑又單純的人又傻兮兮的跟著他笑起來，三人頓時便有極為投契的感覺，其他人看著他們也忍不住微笑，氣氛一時十分歡快。

「我家接到英雄帖，早早就打發我出門，希望能幫著裴大哥張羅張羅。聽家父說，這蒙山上藏著一條密道，閒來無事便來探尋探尋，不想就碰見各位，也算湊巧。」慕容孝改口得自然，慕容家也與後蜀有些瓜葛，喊裴鈞武大哥也在情理之中。

小源心中明白，卻微笑著看著蕭菊源，她果然摸不著頭腦，不敢胡亂說話，一味在那兒笑。

「英雄帖？」裴鈞武莫名其妙。

慕容孝倒被他的反應弄得一頭霧水，從懷中掏出一張燙金的帖子，大家湊過來看，是以裴福充的名義約江湖豪傑六月初十相聚裴家莊，以武會友。

裴鈞武雙眉緊皺，捏了下造價不菲的帖子，冷笑一聲。「看這奢靡囂張的做派，定又是滅凌宮主的首尾了。」

裴鈞武這麼一說，慕容孝好像又想起什麼似的接話道：「來送帖子的人的確身著黑色長衫，腰間掛滅凌宮的牌子，家父還以為滅凌宮是裴大哥弄出來掩人耳目的。」

伊淳峻冷嘲般嗤了一聲。「這個滅凌宮主還真是怕江湖不熱鬧啊，他幹麼非要把武林各派都招去裴家莊？又讓咱們知道是他惹下的麻煩？」

元勳倒不以為然。「這沒頭沒腦的事，中原那些名門大派也未必會來，也不是選武林盟主，說以武會友就千里迢迢地趕來嗎？也不是天天在家閒著吃乾飯。」

慕容孝又怪怪地看了蕭菊源一眼，對元勳說：「拓跋兄弟有所不知，眼下蕭姑娘的美名傳揚得天下皆知，就算只說來一睹芳容，大家也都是願意奔波前來的。」

伊淳峻又冷笑出聲。「他們是來一睹芳容，還是來探問寶藏？來的是不是都像慕容公子這般少年俊才，能和裴鈞武過過招後順便抱得美人歸去？」

蕭菊源臉紅，嬌嗔道：「伊師兄又亂說。」

慕容孝毫不尷尬地嘿嘿笑。「伊公子還真說對了，不過我可只是來助裴大哥一臂之力的，畢竟幾代人的交情，蕭姑娘也算舊主。」

蕭菊源臉色僵了僵，顯然是不知道怎麼回答慕容孝的話。

小源冷眼看熱鬧，好啊，大戲這便開鑼了嘛！

第十二章　唯恐不亂

伊淳峻站在洞口，用千里鴻信喊雷電二人現身，兩人果然不到半刻就出現在山洞裡，裴鈞武也不驚奇，好像早就知道伊淳峻的下人都在不遠處跟隨。

伊淳峻遣二人去打聽滅凌宮主的動向，雷和電剛領命要去，兩個素藍長衫的年輕人也進了山洞，向裴鈞武稟告，說在蕭氏廢墟附近發現了滅凌宮主的形跡。

伊淳峻聽了嫣然而笑。「果然還是裴師兄的下人更中用，也省了我一番手腳。」

嚴敏瑜和元勳看得目瞪口呆，此行看似大家都孤身前來，原來早就四下遍布耳目。伊師兄手眼通天，裴師兄平時看似不聲不響，原來也不輸他。

小源靠著石壁，一副心不在焉的樣子，裴鈞武和伊淳峻都不是善類，江湖上尊稱裴鈞武一聲裴公子，絕非只因為他是竺連城的徒弟那麼簡單，倒是伊淳峻，讓人覺得莫測高深。

「既然這樣，我們就去會一會這位滅凌宮主。」裴鈞武悠然站起身，撣了撣下襬。「嚴師妹，還請妳留下照顧李師妹。」

嚴敏瑜雖然想去看熱鬧，但又放心不下小源，只得點頭。

「不必，我一個人在此休息就好。」小源不太領情地說，神情有些疏冷。

裴鈞武還想說什麼，被她漠然打斷。「怎麼，你覺得我武功低微得連自保都不能？」

「小源……」嚴敏瑜不贊同地出聲，不喜歡蕭菊源正常，怎麼小源連裘師兄都討厭起來？「裴師兄也是好意。」

「不必。」小源一揚下巴。

其實她生氣起來比微笑時更迷人心魂，裘鈞武看了她一眼，別開臉不再言語。

伊淳峻笑嘻嘻地說：「也好，那我們都去搜尋滅凌宮主，人多能更快找到，讓小源靜靜休息。」

嚴敏瑜還不放心，小源著重地看了她一眼，嚴敏瑜也明白了她的意思，於是不再爭辯。裘伊二人古古怪怪，如果不去看著他們，就算發生什麼事，也未必會說給他們三個聽，還是跟去才放心。

看著他們紛紛離去，小源煩心地長吁一口氣，總算都打發走了。

伊淳峻留下的包裹裡還有沒用的香燭，她拿出幾支，滿懷心事地爬到山頂開闊處。面向蕭氏廢墟點燃香燭，跪著插入土中，終於能好好祭拜爹娘一場了。她鄭重地叩了三個頭，當初她遍尋爹娘屍體不著，以為被高天競掠去，後來聽師父說父母屍身被笠師伯奪回葬於竹海才得安心，作為女兒，她虧欠爹娘太多，就連身後事都沒照拂妥當，實在不孝。

「妳在幹什麼？」一個有些耳熟的聲音突然在她身後響起，嚇了小源一跳。她沒有立刻回頭，飛快地抹去淚水。

滅凌宮主仍舊黑袍銀面，明知被裘鈞武等人四處追蹤仍然安閒自在，山風吹拂起他的袍角，高䠷的身材倒也風雅得很。

小源故作鎮靜地站起身，冷哼了一聲。「你不怕被他們找到嗎？」

「他們？」滅凌宮主不屑地反問。「他們是誰？」

小源對他和裴鈞武的恩怨沒興趣，倒還真有一肚子問題要問他。「高天競在哪兒？」她沒有時間，也沒有心情和他兜圈子，開門見山地問。

滅凌宮主又輕笑了兩聲。「為什麼對他感興趣？妳也想追查蕭家寶藏？」

「他在不在你手裡？」小源扭過臉來盯著他看，這人狡猾，一定不能被他把話題繞開。

「我為什麼要告訴妳？」滅凌宮主也直直地回看她，因為有面具遮擋，小源瞧不見他的臉倒能淡然面對。

「雖然不知道你到底想幹什麼，但我可以把我所知道的一些霜傑館的事情告訴你作為交換。」小源有些自嘲地一笑，如今的她都要以當奸細來換取一見仇人的機會了。

滅凌宮主顯然有些意外，頓了下才不以為意地冷笑道：「他們在明我在暗，倒也沒什麼我不知道的。」

小源被他噎了一下，這麼自貶身價的提議居然被拒絕了，她都氣得想笑。「你想怎麼樣？」她口氣不善地反問，生氣的樣子倒添了些嬌媚。

他沒有立刻回答，小源有些奇怪地抬眼看他，用得著考慮這麼久嗎？原來他也在看她，被她一瞧，他才不緊不慢地說：「嫁給我。」

「啊？」其實小源聽清了，卻不敢相信他真這麼說。

「嫁給我。」滅凌宮主一個字一個字慢悠悠地說，像肯定又像是調戲。

小源氣得一甩手。「你再胡言亂語，我看就不必再談下去了！」

「好，不談了。」滅凌宮主氣定神閒，悠然地轉身就走。

小源咬牙切齒，他是篤定她會叫住他吧？

「哎——」小源氣恨不已，可還是不得不喊住他。「你認真地說一個條件！」

滅凌宮主的後背輕微地抖了抖，應該是很得意地笑了，他轉回身。「我從不開玩笑。」

小源臉色發白，忍了忍，開口終究還是壓不住話裡的顫抖。「為什麼？」

「因為妳漂亮。」滅凌宮主很平淡地說。

這麼淺白的回答倒真讓她無話可答，轉了轉眼珠，小源有點兒小奸詐地笑了笑，學著他的口氣滿不在乎地說：「好。」這種話，他隨口說，她隨口應付好了。難不成他還真能三媒六聘的來迎娶她？就算裴鈞武伊淳峻對付不了他，她躲進竹海，他不就束手無策了嗎？

滅凌宮主又在面具後發出輕輕的笑聲，好像完全洞悉小源的想法，卻毫不在乎。

小源聽了他的笑聲倒不痛快起來，總覺得在這個無聊的話題中，被他耍了個夠。

「等兩年後吧。」她挑釁地看著他。

「可以！」滅凌宮主點頭，好像非常贊同，絲毫不覺得這是她的敷衍。

小源被他憋得一肚子氣。「你！」他能不能正經地和她好好談一談？

「只要妳答應，我自有辦法讓妳遵守承諾。」滅凌宮主說這話的時候，還真有那麼點兒自信滿滿、豪氣干雲的味道。

小源神色複雜地看了他一會兒，有點兒羨慕他的自信又有些討厭他的狂妄。他太傲慢了，她真想立刻學好武功把他打得落花流水，挫挫他的得意。可即便真有兩年可以拖延，她也未必能有勝算，只怕還要借裴鈞武或者伊淳峻的手解決掉他。

滅凌宮主似乎看穿了她的心思，不悅地哼了一聲，轉身就走。見她不走，他頓住腳步，冷冷地說：「還不跟上?!」

小源滿腹心思，順口問道：「去哪兒？」

「妳不是要見高天競嗎？」他又舉步前行。

小源正了正臉色，趕緊跟上，這才發現滅凌宮主沒有用輕功。只走了一會兒，滅凌宮主便停在一面毫不起眼的山壁前，按動機關，露出黑黝黝的洞口來。

小源強壓驚駭，這個山洞就在蕭家密道上方！滅凌宮主竟然把老巢安置在這兒？他逕自走進去，小源猶豫地站在洞口，心裡忐忑不安，不敢這樣貿然進入。滅凌宮主走得很快，像是對她的害怕冷漠地嘲笑。

小源心一橫，不論如何，她都要賭一賭！咬了咬嘴唇，她快步追上了滅凌宮主。山洞並不深，滅凌宮主大概是知道她內功不濟，無法做到暗中視物，點起了嵌在石壁上的油燈。

小源這才看清，這並不能算做一個據點，不大的山洞裡空空如也，只用鐵鏈鎖著一個蓬頭垢面的人。怪不得他毫無顧忌地領她來，隨時都可以廢棄的一個地方，他不怕她告訴裴鈞武等人。小源走近些細看那個人，火光搖曳，那人精神委頓，只覺得身形佝僂、容顏蒼老。

她到底膽怯，不敢走近，只故作冷靜地問他：「你可是高天競？」

那人不答，像是沒聽見一般。目光恍惚，等終於看清了她，卻突然激動地向前半撲，嘴裡喃喃地喊著：「菊心，菊心……」

小源嚇得退後了半步，確信這人的確就是高天競。她看了看滅淩宮主，他完全沒有避開的意思，也對，換作是她也必定要聽聽他們的對話。知道她想問高天競的話，才是他想要的真正條件吧。小源暗暗嘆氣，受制於人當真無奈。

小源看著高天競，模糊婉轉地問：「當日你是怎麼繞開菊仙蹤的？」

高天競癡迷地看著小源，含混不清地說：「菊心……妳對我太狠心……也別怪我無情……」

「你是怎麼進入蕭家莊的?!」小源根本聽不得他說這些話，氣得渾身發抖。事到如今這卑鄙小人還如此自欺，他哪裡是因為娘對他如何？

「密道……」高天競木訥地看著油燈，笑容竟然有些得意。「妳萬萬沒想到我會從小丫鬟口中知道密道所在吧？」

小源的腿不爭氣地一軟，居然踉蹌後退了半步。

高天競還沈溺在自己的得意中，聲音也變高了。「雖然妳心思周密，終究還是輸給了天意！」

小源緊咬牙關，答案並不令她意外，可親耳聽到，還是無法承受。

高天競桀桀怪笑起來，小源聽了如同火上澆油，對他的痛恨、對自己的懊惱，全化為一股壓不住的殺人衝動。顧不得滅凌宮主在旁，她恨恨地上前一掌劈下，滅凌宮主只輕描淡寫地一撫便架開她的掌風，雄厚的內力震得小源連連退了三步。

「你不過借他攪亂江湖人心，何必還留著這個禍患?!」小源衝他喊，只恨自己不是他的對手。

滅凌宮主笑了下。「讓他死太容易了，可妳不覺得讓他在這暗無天日的洞中，遙望蕭氏廢墟贖罪終生更解氣些嗎？」

小源一愣，原本被仇恨沖毀的理智回復了些，剛才她太失態了，破綻也露得太多，可滅凌宮主卻什麼都沒問，這句話更一下子說進她的心裡。

「你……」她穩了穩。「你為什麼恨高天競？」

滅凌宮主冷謔地一笑。「我不恨他，只是討厭他虛偽的言行而已，想要寶藏還非說自己是因為情傷。」

小源愣愣地看他，這個明明不是好人的傢伙，卻每句話都這麼合她心意。

「走吧，此地不宜久留。」他往洞外走，小源垂著頭默默跟著出了山洞，看他關閉了機關。

洞外陽光正明媚，空氣也清新，可小源卻滿心沈重，突然虛脫般疲憊不堪。

「妳回去吧。」滅凌宮主極其自然地說。

「嗯……」小源一時也不知道該說什麼，今天的事開始得太古怪，結束得又太容易。

滅凌宮主也不再說話，如一道幽煙，幾個起落便消失在樹叢山石中。

小源默默看著他消失的地方，心情沈重得快要無法呼吸，更讓她沮喪的是，比起裴鈞武等人，滅凌宮主倒更像她的朋黨。

第十三章　暴殄天物

小源走回密道所在的山洞，好在所有人都還沒有回來，她走到自己曾經躺過的地方，看著地上隨意放置的伊淳峻的外衫，想起他的言行就忍不住苦笑。這次回來，很多事比她想像的容易，又有很多事比她想像的難。伊淳峻……怎麼才能站在她這邊呢？

裴鈞武怕嚇著她，在山洞外故意弄出些聲響這才走進來。小源回頭看他，他背對著洞口的光線，俊挺的身形格外悅目。這個出色的男人到底對蕭菊源有著怎樣的感情？看兩人相處的情形，別說是訂親過的男女，就算師兄妹……也不算親密。

「好些了嗎？」他的關切總是淡淡的，優雅內斂，卻如春風和煦。他遞上竹筒，笑容溫和。「新打的水，喝吧。」

小源這才覺得喉嚨乾澀，輕聲道了謝，接過竹筒時，他握著竹筒的修長手指襯著碧色越發精緻，自從對他發了脾氣，她就沒有正視過他了，也知道自己的確是無理取鬧，只是生氣他站在蕭菊源的那邊。

「我叫人抬了軟轎來，這次……」他語含歉意。

「不，都是我自己不好。」只要蕭菊源不在，不向裴鈞武獻媚，她對他的氣也生不起來，聽他這麼說反而不好意思。她說著無心抬眼，一下子撞進裴鈞武的眼神，她一窒，他也飛快地閃躲開來。小源握緊竹筒，這種感覺讓她心裡有絲非常微妙的領悟。

「武哥，你先回來了？」蕭菊源和嚴敏瑜走進山洞，蕭菊源瞧著小源手裡的竹筒，又看了看裴鈞武，語氣明顯地帶了諷刺。「沒找到滅凌宮主，你倒回來得早。」

裴鈞武笑笑沒回答，嚴敏瑜瞧瞧他又瞧瞧蕭菊源，解氣地暗笑了一下。

這時候伊淳峻和元勳、慕容孝也都回來了，眾人商量著先回霜傑館。

裴鈞武派下三頂軟轎給三位姑娘乘坐，回程的隊伍比來時壯大了不少。

嚴敏瑜的轎子走在小源的旁邊，離蕭菊源有些遠，嚴敏瑜壞笑著湊近小源低語道：「蕭菊源好像很嫉妒妳。」

小源冷笑一聲沒有回答，嫉妒是一方面，她的恨意藏得不好，蕭菊源有所察覺也是沒辦法的事。

「和她一起去找滅凌宮主的時候，她總是套我話，問妳是哪兒的人、師父怎麼收妳為徒的。」嚴敏瑜鄙夷地哼了一聲。「師父也囑咐過我們，不要隨便說起同門的身世，更何況是居心叵測的蕭菊源。我告訴她，妳是西夏貴族，因為長得美才被師父選中的，氣死她。」

小源笑笑，這倒是歪打正著，師父這話是為了保護元勳，畢竟他身分特殊，沒想到卻讓師姊幫她抹去了蕭菊源的疑心。「妳也對元勳說一下，別被蕭菊源套去話。」小源有些不放心元勳這個大嘴巴，只要他相信誰，就會把自己知道的一切都和盤托出，這樣的脾氣居然是個生在皇室的人，的確也算稀奇。幸好師父她老人家一時聰明，沒有說出在川中收她為徒的事，讓元勳和師姊一直認為她只是個西夏富戶的遺孤。

「他也很不喜歡蕭菊源，還說李師叔怎麼會生下這樣的女兒。小家子氣得很！裴師兄像是她的傳家寶似的，誰多看他一眼、多說一句話，就氣得嘴歪眼斜。剛才她看見裴師兄為妳送水，那臉色難看得和後母一樣！將來誰要想氣死她，只要把裴師兄搶到手就行了。」

小源幽幽而笑，大師姊看似沒心沒肺，卻總能一針見血地說出問題的關鍵。沒錯，搶走仇人最美好的東西，就是最大的報復，正像當初黃小荷對她做的一樣。

回到霜傑館幾日了，小源早起坐在花園的石凳上，裴鈞武忙於領著師兄弟們追查滅凌宮主，她都沒見著他一面。

來來往往的下人們從她面前走過都紅著臉怔忡望她，有些還會走著走著便停下腳步……小源喝著茶，什麼樣的主子帶出什麼樣的下人，一樣的見不得世面！伺候她的丫鬟恨不得十二個時辰盯著她，生怕落下她一個小舉動沒去向主子覆命便是大罪過。

嚴敏瑜手裡拿了把新摘的菊花，興沖沖地往伊淳峻住的屋子走，眼睛在清晨的陽光裡格外的明亮。

「小源？妳也起得這麼早？」嚴敏瑜笑容璀璨，小源看了心情也變得輕快些。

這幾天伊淳峻帶著嚴敏瑜去他店裡，又為她置裝又幫她梳頭，嚴敏瑜更喜歡纏著他了，兩人好得和姊妹似的。

這個伊淳峻，比她揣度得還要奇怪。他不笑的時候，很冷很傲，那絕美的臉一旦沒了表情，就讓人覺得無法接近，只能像仰望神祇一樣，懷著敬畏不敢上前。但他總是笑，他笑了，就彷彿太陽照亮了夜空，一切全融化在他的笑容裡了。

他的親和力在短短幾天已經徹底超越了正牌主子裴鈞武，他的身邊永遠聚集了一群人，霜傑館的下人都更喜歡親近他。就連元勳和慕容孝也心悅誠服地喊他「伊大哥」——真不知道喊他哥哥合適還是姊姊更好。

「不早了，妳的伊師兄和裴師兄都練功回來了。妳找他有事嗎？」小源有些感慨，只說裴伊二人天資聰穎，可背後付出的努力也遠勝旁人，他倆都在天沒亮就起來練武，那時候她和其他人都還在睡夢中呢。

「我去看看有山有水起來沒，給他送點插瓶的花。」嚴敏瑜已經加快步子走過去了。

小源喝完茶，回頭時被身後丫鬟銳利的眼神盯得後背一涼，蕭菊源果真防賊一樣防她呢，派來的眼線連掩飾一下都不肯了。心情正敗壞，遠遠看見伊淳峻和嚴敏瑜有說有笑地走過來，她站起身，迎著他們走過去，努力無視丫鬟們的盯梢。

還沒等小源開口打招呼，風雨雷電快步追了過來，少女風和雨手裡還拿了兩大疊帳本，美男雷和電倒空著手。

「少主，這筆帳請您儘快過目，我好啟程去成都。」雨高捧著帳本，臉色不善，那本帳就快舉到嚴敏瑜的臉上了，看得出火氣是衝著她的。

「嗯。」伊淳峻有些不耐煩地皺起眉，不著聲色地推開快貼到他身上的嚴師妹，接過帳本，向小源一笑。「小源，早。」

他的眼睛看著她的時候，小源的心禁不住偷停了一拍。小源回他一笑，果真是個妖孽，就算是她，還是不能完全抵抗他的笑容。

他已經坐在她剛才坐的地方，雹為他拿了個新杯子，仔細的倒上了茶。

女人管事，男人服侍……伊師兄真是把他的喜好進行得很徹底。他是個忙人，自從他住進了裴家，來向他請示報帳的人就絡繹不絕，裴鈞武不得不把他安排在後園靠近角門的一處房舍裡。

一來方便他的人進出，二來……由他鎮守著後園入口，也算萬無一失。

他看好了帳本對風和雨指示了一番，兩個少女便離開了，臨走還古怪地看了小源一眼。

小源有些失笑，她可沒有試圖把她們的主子引向「正途」，防備她實在沒必要吧？伊淳峻身邊都是些怪人。

嚴敏瑜等了半天，總算可以和他說話了，伊淳峻卻向她笑笑。「早上被那兩個丫頭纏得有些煩，也累了，我再歇一會兒去。」說著眼角瞟過站在他身後的雷和雹，嘴角泛起一絲曖昧淺笑。

嚴敏瑜失望地噘起嘴，沒理會他那個含情的眼光。

小源暗暗皺了下眉，覺得他那個笑容有些特別的意味。

看著伊淳峻和兩個美男一起進了房，還緊緊地關起了門，嚴敏瑜愁眉苦臉地嘆了口氣。

「小源，伊師兄為什麼會不喜歡女人呢?!」她簡直要哀鳴了。

幸好他不喜歡女人，不然真不知道有多少女子要毀在他手裡了。

裴鈞武和蕭菊源從後門回來，兩人的表情都很愉快。蕭菊源笑得開心，小源就不高興了，冷冷地看著杯子裡已經冷了的茶。

「妳們在聊天啊。」蕭菊源挽著裴鈞武走到她們面前，下巴比平時揚得高。「原來拓跋師叔是不要弟子早起練功的，這樣的師父真好。」

裴鈞武聽了，不太贊同地看了眼蕭菊源，蕭菊源撒嬌地咬了咬嘴唇，作賠罪的表情。

「伊師弟呢？」裴鈞武問嚴敏瑜，擋住她正準備出口的反唇相稽。

這話倒問得很對嚴敏瑜的心思，她熱心地說：「在他房間裡，有事嗎？我們一起去找他。」嚴敏瑜巴不得趕緊把伊淳峻叫出來。

裴鈞武點了點頭，大家都向伊淳峻的房間去。

裴鈞武舉手剛要敲門，突然臉色一變，尷尬地看向一邊，一貫波瀾不驚的臉竟然有些微微泛紅。

「怎麼了？」蕭菊源有些擔心地上前一步，從沒看見過他這種反應。

接著，所有人都聽見了從房間裡傳出的聲音……床有規律的吱嘎聲，而且越來越快，然後是男人壓抑的、愉悅的低吼，那曖昧至極的叫聲——竟然是電的。

源兒和嚴敏瑜對這種事就算再遲鈍，也有些明白了。

蕭菊源羞得滿臉通紅，一跺腳，把袖子擋住臉。

裴鈞武一拂袖子，扔下句話，人便快步離開了。「讓他去廳上找我。」蕭菊源也腳步凌亂地追著他走了。

「他們……他們……」嚴敏瑜心碎神傷，心神恍惚連話都說不清楚。

伊淳峻聽見聲音開了門，臉上帶著妖媚的紅暈，似乎還有一些喘，衣服整齊，但頭髮微微有些凌亂……簡直誘人犯罪！

幸虧知道他房裡的是男人，如果不知道，他這慵懶的模樣簡直是對女人致命的誘惑。

嚴敏瑜撲過去摟住他，嗚咽著說：「有山有水，你這是何苦……」

伊淳峻對門外一大堆人窺見他的秘密倒還坦然自在，他推了推嚴敏瑜沒推開也放棄了，任由她揩油佔便宜。

「找我有事嗎？」虧他還笑得出來。

小源看嚴敏瑜完全忘記了此行的目的，只摟著伊淳峻唏噓不已，不得不開口說：「裴師兄找你。」

「哦，那走吧。」伊淳峻微笑著撫了下頭髮，那股妖嬈勁讓小源都不知不覺紅了臉。

他們走進花廳，裴鈞武正坐在上首出神，看見伊淳峻面有春色地走進來，周身的光彩讓滿廳芳蕊都失了光華，忍不住嘆息道：「真是暴殄天物……」

第十四章　半師之份

天亮得越來越早，小源借著濛濛的微光看鏡子中的自己，臉色青蒼的透明，五官卻更加明晰。

丫鬟因為早起，有些抱怨，面無表情地為她梳妝。

小源垂下了眼睛，在心裡冷笑。蕭菊源跟著竺師伯那麼優秀的人十年，為人處世還是當年黃家女兒的做派，堂堂蕭家大小姐會使喚丫鬟來給師妹臉色？

「好了，簡單梳一下。」小源淡漠地說，丫鬟也順勢敷衍地束好了髮。「以後我都要這個時辰起身練功，妳不必來給我梳頭，彼此都不方便。」

丫鬟聽了，輕鬆地一笑，收拾完妝奩便退下去。

小源倒因她最後發自內心的笑容，也輕鬆了許多，寄人籬下的滋味……果然難捱。

她出了門，沿花溪信步而行，不由想起那天伊淳峻踏水而來的美景，什麼時候她也能有那麼好的功夫……看了他和裴鈞武練功的刻苦，她也覺得不能再像過去那樣虛耗年華了。可是，從哪裡開始呢？看情況，一時半會兒也去不了竹海了。

都怪滅凌宮主！不過……每次裴鈞武他們回來說毫無他的蹤影，她的確暗暗鬆了口氣。她覺得這是因為目前階段，滅凌宮主對她還是有用的，所以她不願意他被抓來。她對他還是有信心的，狡猾得像狐狸，哪那麼容易就被抓到呢？

一滴露水垂落在她的額頭，涼得她渾身一顫，她徐徐抬頭，這棵樹的花已經落盡，樹葉翠嫩得有些刺眼。小源估計了一下樹高，樹枝不算粗壯，但如果連這個她都躍不上站不住……蓮舞，五年內想也不用想了。

她閉上眼，聚氣，想著真氣應該流經的穴道……身體好像輕了，她屏氣一躍，跳起來了！堪堪落在樹梢，她用腳尖去點──「啰嚓」一聲樹枝斷了，整個人如同斷線的紙鳶一樣重重摔落下來。

疼，更不甘心！沒道理十年過去，她連這樣粗淺的輕功都用不好！

咬了咬牙站起身，再來！她簡直有些賭氣，明知自己現在還無法做到，就是非要強迫自己。

再用腳尖踏樹枝借力時，氣息還是不穩，樹枝又斷了。

衣袂在風中飄擺的聲響迅速由遠及近，從樹枝間磕磕絆絆跌落下來的同時她看見了一抹瀟灑至極的白色身影……是他。

她的頭皮一疼，頭髮勾在樹枝上了，人卻落入了他的懷中。

裴鈞武抱著她，一時忘記鬆開。

小源仰頭看他已經斂去笑意、甚至帶著輕淺怒氣的眼睛……幽亮而清澈。是內功高手的眼睛……也是俊美男子的眼睛，烏黑的瞳仁裡倒映著髮絲披散的她，美得讓她很有自信。

眼下的她，能依賴的無非就是這副皮囊了，她不再是他裴家舊主的女兒，也沒有誘人嫁妝。心底深處重重一痛，竟產生了些自怨自艾，對容貌的依賴……也是一種不自信，因為不知道裴鈞武會不會喜歡最原本的她。

突然他的胳膊微微一顫，隨即輕輕地把她放在地上。

「小源。」他叫她名字的時候，輕而柔和，像大哥哥又帶了點兒她也不確定的情愫。

「武功修為這種事急不得，靠的是日積月累，更不可賭氣硬來。」他有些責備。

小源低了頭，他剛才一定是想到了蕭菊源……他的未婚妻。此刻的感受也很微妙，她不知道自己到底生不生氣，如果裴鈞武毫無掙扎地表現出對她的喜歡，她便會徹底對他不屑。

裴鈞武抬手，小心翼翼地為她解下纏繞在樹梢上的髮絲，她乖巧地垂著頭，他只能看見她挺俏的鼻尖。她只及他的胸口，穿了件淺綠的薄衫，玲瓏嬌俏……他又想起那晚月下的她。也是這麼單薄清冷，眉眼卻美麗得讓人窒息，他知道是錯的，他知道只是單純對皮相的迷戀，可是……在這麼多人之中，她始終是特別的。

握著她髮梢的手指不由自主地緊了緊，為她挽到耳後，那手便徹底不聽他的使喚，輕而又輕地拂了下她鬢邊的如絲黑髮，手碰著了一點兒她精巧的耳廓，便像扎了根小刺，麻麻癢癢，心底還有一絲疼痛。

她有點兒小脾氣，卻沒因為他這個明顯逾矩的動作而生氣，反而幽幽地抬起眼，沈默地看他。

「裴……師兄……」她比櫻桃顏色更美好的嘴唇輕輕吐出這個稱謂，刻意地改動過稱呼，他著魔似的看著她，忘記回答。「你……不會生我的氣是不是……」她流露出恰到好處的哀求，讓他的心軟得提都提不起來。「上回……我不是故意向你發脾氣的，我只是……我只是……」她說不下去，像被泉水洗過的翦水雙瞳飛快地看了他一眼，又飛快地移走。

裴鈞武只覺喉嚨一緊，心底有他從不曾體驗過的情緒洶湧奔向心口。

「喲，小源今天也起得這麼早？」伊淳峻的語氣永遠帶著那麼幾分揮不掉的戲謔，小源和裴鈞武聽了，都渾身一顫，各自端正了臉色扭頭看他。

他似乎毫不知情地款步走來，一襲華麗的長衫，隨時都那麼豔色傾城。小源卻覺得他的眼睛裡滿滿全是諷意，其實她對自己誘惑裴鈞武的舉動是不自信的，被他用這種眼神一看，頓時羞惱不已又暗暗心虛。裴鈞武更不用說了，小源瞥了眼他悔愧自責的樣子，就知道他又在懊惱自己對不起「菊源妹妹」了。

「可是讓裴師兄教妳功夫？」伊淳峻在小源面前停住腳步，笑咪咪地看她，像欣賞一幅好畫，讚嘆又感慨，他白皙修長的手指以一種妖嬈的姿勢抬起，挑了縷她額前的頭髮。

小源皺眉，閃避開來。

伊淳峻仍保持著那個動作，令人氣憤的是——手勢竟然很迷人。

「小姑娘……」他的笑變得有些深幽。「……長得太漂亮了，容易招惹些不必要的是非。以菊源妹妹的小肚雞腸，如果看見了剛才那一幕，恐怕會想把小源兒推到這花溪裡——」他抬手一指，又用繡著華美紋樣的袖子掩嘴壞笑。「淹死省心。」

裴鈞武先是被他說得臉色微微泛紅，漸漸又青白起來，眼底竟浮現出幾乎掩飾不住的痛苦掙扎。

小源因為他說蕭菊源小肚雞腸，沒有反駁他之前別有用意的話。

「如果想找人指點，我才是那個最合適的人。」他淺笑著自薦，信心滿滿又風情萬種。

小源看著他，心情很是複雜。

「怎麼？不願意？覺得我教不起妳？」伊淳峻一揮袍袖，剛剛勾住小源頭髮的那棵樹的樹葉盡數如暗器般射入小源腳邊的泥土中，只剩光禿禿的樹枝一絲不動地佇立在那裡。

他露這一手別說小源大驚失色，就連裴鈞武都頗感意外，伊淳峻的修為好得超乎他的意料。

「李師妹，妳還是跟著伊師弟修習比較妥當。」裴鈞武淡淡地說，回身就走。

小源動了動嘴唇，想叫住他，又叫不出口，他又叫她「李師妹」了。

「跟我修習……我雖然是妳師兄，也該有半師之份。」伊淳峻又賣弄風情似地自說自笑。

小源瞪了他一眼，多事！

「來來，行個拜師禮，哥哥教妳兩招好的。」他又用手指妖妖地點她。

小源正想諷刺他這句「哥哥」，卻膝蓋一痠跪倒在地。又是他的壞心捉弄！小源恨恨抬頭瞪他，他卻還是興高采烈地笑著，可是……她看錯了嗎？他的眼睛裡分明有絲寒意，而且……這樣的眼神，她竟然還覺得很熟悉。

「小源妳真是太客氣了。」明明是他使壞點穴，反而佯裝抱怨地扶她起身。

小源被他用力地拉起來，忍不住也起了孩子氣，順勢在他手腕上狠狠擰了一把，他哎喲哎喲地叫著卻沒躲開。他慢慢地揉著自己的手腕，小源瞧了他一眼，真心佩服起他賣弄風情的本事，很到位，她看了心頭都一動，不知怎的就有些沒勇氣看第二眼。

「小丫頭，妳對哥哥我太不客氣了。」他抿著嘴，不知道是笑還是嗔。

小源哼了一聲，臉有些發燒，自己怎麼突然發瘋掐了他一下呢！她和他有這麼熟了嗎?!她不好意思，轉身就打算逃離，卻聽他悠然地說：「要走？不打算和我學蓮舞了嗎？」

小源的腳突然有了千斤重，這人果然是個妖物，一下子就能看穿人心的！

他走過來，撈起她的髮梢，好像料定她會躲閃似的，一把緊緊握住，小源回身想抽回頭髮卻被他扯得頭皮生疼。他笑著，眉目絕豔，可手上的力道卻很殘忍，小源細細看他的眼睛，果然又在媚色瀲灩後看見了那抹平時掩藏很好的狠意。

他似乎不在乎她看穿了他的真面目，不掩飾也不躲閃，卻從荷包裡拿出一把精美的象牙梳，慢慢為她梳理頭髮。小源有點兒毛骨悚然，這個不男不女的伊師兄比想像中還可怕。

「我要教妳的第一課，想勾引住男人，就不要太急躁。」

他的語調很輕佻，卻讓小源無端地害怕起來，好像被他徹底看穿了心思，完全沒有了秘密。

「說說，為什麼喜歡他？」伊淳峻從自己頭上拿下了束髮的玉環，為她扣住。

小源戒備地沈默，嘴巴抿得緊緊的。

他繞到她面前，挑起她的下巴。

小源想掙開，又被他懲罰般用力一捏，很疼，她差點要流出眼淚。因為生氣，她冷冷地瞪著他，更不想和他說一個字。

伊淳峻的頭髮因為失去玉環，柔順地披散在肩頭，慵懶的風情倒比衣冠楚楚時更加魅惑人心。他垂眼看她的時候，深不見底的眸子被濃密彎翹的睫毛遮擋些許，小源雖做好了抵抗他迷惑的準備，還是怔忡失神了一下。

「因為妳嫉妒蕭菊源。」他笑的時候，先微微挑起眉梢，唇邊的笑意就變得有些壞。

小源努力讓自己忽視他的話，他不過故意說這些來激她說點兒心裡話。

「她長得漂亮，又有十輩子也花不完的嫁妝，還是江湖很多名門的舊主，其實裴鈞武和慕容孝都該喊她一聲『少主』。」他說著鬆開了她的下巴，眼睛瞧著花溪上冉冉開放的荷花，倒像是說起了自己的心事。「可我半點也不羨慕裴鈞武。即便是靠自己本事得到眼下的一切，可還被說成靠蕭家的背景，和蕭菊源成婚後，要將三成功力當聘禮送給蕭菊源，這就夠可悲的了……何況，」他斜斜地瞟了她一眼，口氣變得更加挖苦。「就算心裡有了喜歡的姑娘，還要裝出一副三貞九烈的樣子，忠於自己的『少主』，這男人當得，實在窩囊。」

小源心頭一凜，裴鈞武的三成功力？她沒聽爹娘提起過，但她毫不懷疑這事的真實性。作為舊部之子，娶蕭家姑娘、繼承蕭家產業、拜竺連城為師，不可能毫無代價。

她的心有些亂，如果她還是「蕭菊源」，是不是裴鈞武心裡也會這麼想她呢？如果他遇見了喜歡的姑娘，也會露出剛才那麼痛苦的眼神？

她突然不想再聽伊淳峻蠱惑，甩手想走，卻被一股內力一吸，像被抓住了後背般退後一步，摔在地上。

「你幹麼？」小源是真的生氣了，他一而再地戲弄她！

他居高臨下看著坐在地上的她，口氣也變得沈冷。「妳沒有那麼好的運氣，有人送三成內力當聘禮，就得好好修練，開始吧！」他手指一抬，連點她幾處穴道。「這幾個穴道，按我點的順序，運行內力。」

他教起功夫來十分認真嚴厲，小源本還有一肚子火氣，因為他說得太快，生怕忘記，只得忍氣吞聲地按他說的修習起來。

第十五章　糾結心事

小源又被敲門聲驚醒了，抬頭看了看窗外的天光，忍不住暗咒了伊淳峻一聲。自從他開始指導她功夫，就天天來吵醒她，小源很懷疑，看她睡眠不足的衰鬼樣是他的新樂趣。

「快點！過時不候！」門外的人說得傲氣十足。

小源不緊不慢地下床梳洗，懶得應他。如果他真想擺「半師」的譜，那麼多下人，何必他大少爺親自前來？還「過時不候」，人就杵在門外等她，一點兒也不覺得閉門羹難吃。

她也提議了，約好時辰，她早晨自會起床前往，伊大少對此合理提議置若罔聞，她想說到他有反應為止，結果他開始背誦她想學的進階心法，她慌忙背記，也就顧不上再說什麼了。

總之，伊淳峻這個人，越和他相處越覺得討厭！

小源開門出來，那張俊美絕倫的臉永遠神采奕奕又半含譏誚，在嚴敏瑜眼中，這種欠打的嘲笑是風流倜儻的迷人微笑，她聽嚴敏瑜說了一次就差點兒被噁心死。

起床的時辰已經提前得不能再提前了，可這絲毫沒有影響伊少爺梳妝打扮，這麼早也裝扮得一絲不苟。

自從來了霜傑館，他的錦衣華服層出不窮，小源很少看他兩天穿同樣的衣服，徹底帶壞了整個館的風氣！從上到下都跟著酷愛打扮起來，蕭菊源自不必說，恨不能上下午都更換新衣，就連平時不太注意這些的元勳也跟著風騷起來，小源瞧著，由衷感到悲憤。

今天伊淳峻穿了套湖藍的長袍，華麗中透著清爽，不管他穿什麼，在小源眼中不過是隻開屏的花孔雀而已。他的目標一直很明確，就是裴鈞武，幸好他沒有花癡似的糾纏，不然簡直更加不堪。

嚴敏瑜很多事地問過伊淳峻，為什麼不再主動點，結果這花孔雀極其傲慢地說——

「我要師兄慢慢發現我的好，敬佩我，從而喜歡上我。」

自從他說出這話，裴鈞武對他更加視而不見，小源解讀的意思是這樣——你再好我也不喜歡。

真是一對怨偶啊！小源搖頭，伊淳峻雖然端著架子等裴鈞武追求，可惜只能傷心收場，他的怨氣誤傷了很多人，她就是最慘的一個。好在蕭菊源也被他天天換著花樣刻薄戲弄，她瞧著暗爽，平衡著也就做到忍氣吞聲了。何況論教功夫，伊淳峻的確是個好老師，這段時間她雖然被他折騰得不輕，進步也是令她驚喜的，這是她容忍他的最大原因。

走到平時練功的小樹林，林間小路上站著蕭菊源和裴鈞武，小源瞧了裴鈞武一眼，他是目前霜傑館裡唯一正常的男人了，還是一襲素雅的長衫。小源收回視線，不得不佩服當年娘的眼光，裴鈞武是不需要打扮的，他的風致是天生的。

「小源，你們來得真遲。」蕭菊源嬌滴滴地說。

小源看了她一眼，發現她今天居然也穿了件湖藍裙裝，像是成心與伊淳峻爭奇鬥豔。客觀的說，蕭菊源失敗了，無論從長相還是氣韻，她勉強算是花孔雀的話，伊淳峻被她襯得像鳳凰了。

伊淳峻聽了她的話，微微一笑。「和妳比當然遲了，我們又不可能半夜就去裴師兄房間敲門。」

蕭菊源被噎得臉色一白，伊淳峻簡直像是她的天敵，喔，錯了，是情敵。

「你別胡言亂語了！」蕭菊源自知吵不贏，訕訕地轉移話題。「修練內功，最好的就是彙集幾個同門，互相印證互相鼓勵了。所以，從今往後，我們一起修習吧，我想……武哥可以指點你們一二，對你們有所助益的。」

小源暗自冷笑，自從和伊淳峻一起修習，蕭菊源的丫鬟眼線就不怎麼好用了，以伊淳峻的耳力，別說幾個丫鬟，就是功夫高手也未必能在方圓三里內窺伺。蕭菊源有幾近瘋狂的探知慾，從小就哪兒有她感興趣的事就往哪兒死命地鑽。估計蕭菊源也怕裴鈞武晨修遇見伊淳峻和她，自己成了局外人，所以乾脆先下手為強了。

小源以為伊淳峻至少會不高興，因為蕭菊源把裴鈞武抬得那麼高，要指點他了，沒想到他一聽蕭菊源的話頓時喜笑顏開。

「好，好，裴師兄，我正想同你一起……修習，相互……切磋。」

兩個肉麻的停頓激起小源一身的雞皮疙瘩，她開心地看見蕭菊源的笑容僵在臉上，一副暗自悔恨的樣子。

開始練功，小源挑了個遠離他們的地方，選了塊大石盤膝坐在上面運功。蕭菊源偏偏拉著裴鈞武湊過來，小源聽見聲響，睜眼就瞧見裴鈞武有些閃躲的神色，每次蕭菊源當眾做出親密的動作，他都會出現這樣的神情。

蕭菊源緊抓著裴鈞武的手，很關心地對小源說：「這才幾天，我覺得妳進步很大了。」

小源看著她虛情假意的臉，淡淡一笑。「起點低，自然就顯得進步大。」

跟著兩人也走過來的伊淳峻顯然不愛聽，冷哼了一聲。「我倒覺得是我教得好。」

蕭菊源對伊淳峻的話置若罔聞，苦惱又甜蜜地笑了，像對好友發牢騷般說：「小源，妳真的很喜歡練武嗎？我就不喜歡！幸好……我只要有武哥就夠了，不必勉強自己。」

小源簡直有些同情裴鈞武，這十年聽著她這些肉麻又做作的話，他是怎麼熬過來的？每當這時候，小源就覺得有些憤怒，既然頂了蕭家女兒的身分，她也該顧及一下臉面吧？

小源又管不住自己，譏嘲地挑了挑眉。「我沒有武功高強的夫婿，自然就要靠自己，我希望有朝一日能像李師叔那樣名滿江湖。」

蕭菊源愣了一下，隨即自豪地笑了。「沒想到妳這麼羨慕我娘，可惜……絕世美人不是誰想當就當的。」

小源聽了覺得極其可笑，嘴巴動了動，想說——原來妳也知道，那就別整天以為自己繼承了這個名號。

伊淳峻正站在蕭菊源身後，一臉玩味地看著她，每當他這麼看她，她就覺得他什麼都瞭若指掌，害得她連諷刺蕭菊源的興致都沒了。

嚴敏瑜與高采烈地跑過來，她起得這麼早肯定不是為了練功，果然她笑著說：「小源，慕容孝說今天帶我們去城裡玩，一起去吧！」

「好！」小源答應地異常痛快，今天特別討厭蕭菊源，很需要外出透透氣。

「妳難道不該問問我答應不答應？」伊淳峻的眼睛不悅地瞇起，口氣也冷冷的。

小源不以為然地瞥了他一眼，他還真以為自己是她師父嗎？她什麼都要問過他？

「你也一起去啊！」嚴敏瑜向來是不看氣氛的，笑著去拉伊淳峻的胳膊。

伊淳峻一臉不高興，很不甘心地說：「我去不了，帳本還沒看完，誰像你們天天這麼閒！」

小源知道再聽下去準沒好話，拉起嚴敏瑜的手。「走吧，走吧。」

一直沈默的裴鈞武突然開口——

「路上小心。」

小源回頭看了他一眼，點了點頭。小源發現自己和師姊都不自覺地看了看蕭菊源的臉色。

走遠了，嚴敏瑜才吐了口氣。「我是不是被蕭菊源嚇著了？現在裴師兄和哪個女的說話，我都忍不住要看眼蕭菊源。」

小源默默地點頭。

嚴敏瑜悲憤道：「裴師兄要娶她真是倒了八輩子楣！這還沒成親呢，就和防賊似的防著全天下的女人，將來她要當了裴夫人，師兄還有活路嗎？」

「別說他們了，我們快出發吧。」小源催促了一聲，不想再談裴鈞武和蕭菊源。

「也對，快走。跟妳說，我發現慕容孝也是個特別有趣的人！」嚴敏瑜得意洋洋地說。

小源看著她直想搖頭，之前她也這麼說過裴鈞武和伊淳峻，伊淳峻勉強算得上，可裴鈞武哪裡有趣呢？現在又輪到慕容孝了……

在成都玩了一整天，吃完了晚飯才回了霜傑館，小源一個人到花溪邊散步，最近心太亂了，這樣靜謐安適的夜晚讓她覺得很愜意。

星光下的花溪閃著隱約的光點，小源找個地方坐下，不由又想起了慕容孝。師姊說他有趣也算名副其實，慕容家在江湖的地位十分穩固，慕容孝是個世家子弟，江湖秘聞、吃穿玩樂都非常精通，光是聽他說後蜀幾個家臣後裔的秘密豔史都能消磨整個下午。

腳步聲在不遠的地方輕輕響起，小源回頭看見了裴鈞武。他永遠是沈靜而細心的，伊淳峻會惡意地突然冒出來嚇她一跳，而他……總是故意發出腳步聲讓她察覺。

夜色朦朧，讓身處黑暗的人有種解脫的放任，小源沒有移開眼神，直直地看著他。星光不夠亮，他俊美的容顏遮掩在暗影之下，唯獨眼睛幽幽澈亮，漫天星斗似乎也及不上那動人的雙眸。

裴鈞武也沒躲閃她的注視，而是慢慢走近了她。

他在她身後站住，沒有坐下，小源便也轉回身，不願再仰頭看他。突然之間她有了些了悟，她對裴鈞武莫名其妙的生氣，除了他對蕭菊源的好，還有這種讓她覺得需要仰望的崇敬感。本該站在她身邊的人、本該是她丈夫的人……她不想卑微地仰望！

兩人都不說話，讓裴鈞武有些尷尬，吶吶開口道：「我聽丫鬟說……妳出來散步，就猜妳來了這裡。」

小源還是沒有出聲，她不想同他說這些寒暄的話，明明兩個人心裡都清楚，他們不是需要說這類話的人。

「我……」裴鈞武突然頓住了聲音，他在說什麼？他在幹什麼?!這樣幽靜的夜晚，只有他和她兩個人，他終於無法欺騙自己。

是的，在第一次見她的夜晚，他就喜歡上了她！或許是那夜的月光，或許是她太過美麗的容貌，反正他瘋了，他的心再不被他引以為傲的理智所控制。菊源雖然總是很敏感，但她對小源過分的敵意也讓他不得不正視自己異常的表現，菊源一定是察覺到了。

他覺得他不該那麼膚淺，沈迷於少女的美貌，可小源的一顰一笑就是牽動了他全部的心神，就連她撒嬌胡鬧他都覺得動心。見不到她的時候，他很惦記，找盡藉口也想來見見她，可真見了面，他卻發現……他什麼都不能說！

「快回去吧，夜深了。」到了嘴邊的話竟然變成如此無關痛癢的客套，他也很鄙視自己。

他是裴家人，他從小聽了太多父親和叔叔們的教導，沒想過自己會陷入如今的地步，竟然會這樣矛盾和痛苦。這感受太糟糕了，尤其是他能從小源的眼睛中看到讓他欣喜若狂的東西，那是他心底盼望得到的愛戀，可是他卻不能回報。

他不該來招惹她，不該來招惹自己的禁忌，可是……他不能解釋為什麼他會出現在這裡，僅僅是看著她的背影都覺得目眩神迷。

他知道不該開始，卻不知道如何結束，這種時候他覺得他理解了師父——喜歡上自己不能喜歡的人，便苦苦掙扎了一輩子，那人都故去十年，仍無法解脫。小源沒出現的時候，他不明白，因為他不相信世間會有那麼一個人是需要一生去忘記的，現在他相信了，生平第一次，他管不住自己。

第十六章 欲擒故縱

再次的沈默，卻久久無人再勉強開口。

或許裴鈞武想不到，他此刻的心情，她全然明白。小源站起身，轉過來再次盯著他看，這次他卻閃開了目光。

小源咬了咬牙，她容不得他閃避，也容不得自己再閃避！

裴鈞武有他的責任，有他的盟誓，她有什麼？只要她擔得起罵名，她還有什麼顧及的？罵名？搶人夫婿的狐媚子是吧？有誰知道「蕭菊源」搶了她什麼？更何況，裴鈞武本就該是她的夫婿，她只不過討回自己該擁有的。

「你喜歡蕭菊源嗎？」小源知道自己問得太過直接，可是心底湧動的憤憤不平，讓她真的無法偽裝出柔情密意。

裴鈞武愣了愣，沒有回答，不是不想，是真的不知怎麼回。他從沒想過這個問題，被師父選中的那天起，他就知道這份幸運是來自那個叫蕭菊源的女孩。十年相伴，他以為那種發乎情止乎禮的熟悉感就是喜歡，雖然菊源總有一些他並不贊同的小舉動，讓他暗自遺憾。

遇見小源後，他才明白什麼是喜歡。喜歡就是看過一眼後莫名的惦念，難以忘記；喜歡就是無時無刻地想見她、想拉她的手，看見她笑了，他的嘴角也不自覺地上翹；喜歡就是……站得這麼近的時候，想親她，想抱她在懷。

他的目光在黑暗裡閃亮得幾乎耀眼，小源看得有些恍惚，他眼光裡的痛苦和掙扎，她全懂！她幾乎有些讓自己吃驚地跨前一步，攀住了他的肩膀，她在做什麼？她哪來的勇氣？她也不知道……

裴鈞武的身體劇烈地顫抖了一下，卻沒像上次一樣推開她，反而抬臂一下摟住。太用力了，小源幾乎呻吟了一聲，他卻像掙脫了韁繩的野馬，縱容著自己最原始的慾念吻了下來。

小源幾乎像是懲罰般地回吻他，生澀卻真摯，她真的生他的氣，喜歡也變得這麼複雜！他為什麼不簡單些？

裴鈞武喘息得很厲害，理智飛得太遠了，大概碰見了天地極限，猛地撞上什麼一般讓他毫無預兆地一痛。

他錯了！真的錯了！

他的唇驟然從她唇邊抽離，推開她，和摟住她的時候一樣用力。

小源也沒想到自己竟然那麼投入，渾身虛軟得像大病初癒，他一推，她便像陷入棉絮一樣無可攀附，眼看要跌倒在地，原本已經一臉隱忍要飛身而去的他，還是不忍地反手一揚，深沈的內力阻擋了她下落的身子。他明明想來拉她，卻又停住，眼睜睜看著她倒入塵埃，他的嘴角劇烈抽動，能說出口的仍然只有一句「對不起」。

小源趴在零星落著花瓣的泥土裡，因為被他的內力擋了擋，她根本沒有摔疼，可卻又覺得疼不可耐。

裴鈞武來的時候，她背對著他，想過無數理由。她要報復，她需要裴鈞武的保護，她需要利用裴鈞武對付滅凌宮主……可與他唇齒相接的時候，她的心裡似乎只有喜悅——這個男人喜歡她，什麼都沒有的她。幸福來得快，去得也快，因為短暫，所以劇烈。眼淚非常燙，燙得眼角刺痛，她想賭一把，她想對裴鈞武說出一切真相。為什麼不可以呢？他喜歡她！他們本該是一對，本該得到最圓滿的結局！

她看見了淡藍色的下襬，緊接著，她被人溫柔地扶起。

「唉……」伊淳峻輕輕嘆息，為她拂去髮絲上沾的塵土。「妳怎麼把自己搞得這麼淒慘。」

小源知道，他一定什麼都看見了，也許是她太痛了，也許是她習慣了伊淳峻的無所不知，她竟然毫不感到羞愧甚至狼狽。在他眼中，她一直很狼狽……

他讓她靠在他的臂彎裡，小源閉起眼，突然感到十分心安……真想不到伊淳峻也有這麼充滿力量的懷抱，和他平時顯露出來的女裡女氣簡直天壤之別。

「小源，妳很魯莽。」伊淳峻輕鬆地說，口氣裡有萬年不變的戲謔。

聽了他的數落，小源苦澀的笑了，真可悲，最近被他教訓得都習慣了，今天的事在他的語氣裡就好像她用錯了招式般不足掛齒。她當然知道自己太魯莽，急躁地表露自己的感情，已經弄巧成拙。

「妳為什麼喜歡他？」伊淳峻仍舊很平靜，像單純的好奇。

小源突然有些生氣，眼淚簌簌地掉落下來。她很窩囊，落得個喜歡裴鈞武卻被他拒絕的悲慘下場。

「我不喜歡他！根本不喜歡！我只是……」她猛醒地頓住，狡猾的伊淳峻，差點讓她說出絕對不能說的秘密。

伊淳峻笑笑，毫不介意她的保留。「其實我也不太在乎妳的原因，我倒希望妳能勾引成功。」

勾引……小源有點兒受傷，明知他說得對，可真的聽見這個詞又覺得有些受不住。

「我覺得，我們倆可以成為同盟。」伊淳峻的手慢慢撫摸她披散在後背的髮絲，像是安慰卻又讓她感覺到危險，剛剛放鬆的脊背又僵硬起來。

「同盟？」小源努力使自己的聲音聽起來平穩。

「其實我一直在尋找妳這樣的人，能讓裴鈞武動心的人。」他輕輕笑起來，不知道是得意還是譏諷。

「可是我失敗了。」裴鈞武的反應，傷了她很深，她知道自己最好默默地聽伊淳峻說，卻脫口抱怨了這麼一句，說完自己也後悔不迭。伊淳峻不是個說心事的人，將來也許他抓住了這個話柄會嘲笑她無數次。

「那是妳用錯了方法。」伊淳峻突然扶住她的雙肩，把她從他懷裡扶得直直坐起，與他對視。「裴鈞武那樣的人，妳能讓他做出那樣的舉動，已經算成功了。」

他盯著她看，幽黑的雙眸與剛才裴鈞武的一樣亮，小源受不住這樣的注視，扭開頭，他卻不許，捏著她的下巴把她的臉扳正過來。

「你幹麼?!」小源有些被他激怒，他很用力，她的下巴實在疼，覺得他有些怒意。

他卻還是笑得豔麗而輕佻。「裴鈞武不是個容易搞到手的人，如果他能像剛才親妳一樣親了我，我立刻就撲倒他，與他共赴巫山。」

小源想推開他，憤恨地瞪著他，原本還以為他會說些正經的話，沒想到他竟然對她說出如此下流無禮的污言穢語。

伊淳峻笑咪咪的，她越是掙扎，他越是用力地抱緊她。「對付裴鈞武，不能那麼直接。他是被他父親、竺連城和蕭菊源馴服的驢，天天扛著他那套忠義感恩的磨盤打轉。」

小源聽住了，忘記了掙扎，他雖說得粗魯，卻是實情。

他有些得意。「所以親他、把他拉上床，這都不是好辦法。」

小源皺眉，他又說歪了！

「對他，要欲擒故縱，讓他自己砸碎心裡的枷鎖跑過來。用這招制伏他的人不多，妳絕對算一個。」

小源覺得他說這話的時候，幽瞳裡的光芒又危險的一閃一閃，妖異得過分。

「為什麼？」她探究地看他的眼睛。「為什麼要對我說這些，為什麼要和我結盟？我沒什麼能和你交換。」

「妳不覺得裴鈞武那副沈穩自制的德行很礙眼嗎？我就想看他失去控制、左右為難的樣子。哈哈，冷心冷面的大師兄陷入情感地獄會是什麼樣子？」他笑不可抑，十分期待。

「說實話！」她瞪著他。

「好吧。」他被揭穿了毫不尷尬，仍是一副沒正經的頑劣樣子。「聽過擎天咒嗎？」

小源搖頭，沒聽過。

「那是師祖秦初一創下的鎮派絕學，擎天咒並非武功招式，而是一套心法，練成之後能使本派武功的威力增加數倍甚至十數倍。這個絕學每代只傳一個弟子，使他修為絕對高於其他同門，免得同門相爭又無人能制止，造成慘禍。」

小源點頭，師祖考慮得很周全，就武學而言，本門武功絕對算得上獨步江湖。試想如果竺師伯和藍師伯相爭，當世又無人有能力阻止，最後只能落得兩敗俱傷的結局，對師門來說是巨大的損失。

「上一代自然是傳給穩重平和的竺師伯了。」伊淳峻嗤笑一聲，顯得並不怎麼恭敬，大概是為自己的師父不平。「咱這一輩……不外是在我和裴鈞武之間選，看情形……」他挑嘴角，有些懊惱似的。「八成會是裴鈞武。」

小源沒吭聲，竺師伯和藍師伯得多大膽量才敢把擎天咒傳給他這麼沒正溜的人？一肚子壞水，嘴巴也刻薄，脾氣還喜怒難測，喜歡自己的師父，現在又打師兄的主意！他要是學了擎天咒，第一個倒楣的就是裴鈞武了，被他搶去當「丈夫」。

「妳在壞笑什麼？」伊淳峻冷冷地質問。

小源心虛地看了他一眼，她沒忍住壞笑了？對他的讀心術她毫不懷疑，果然他惡狠狠地瞪她，好像她沒說出口的話，他全聽到了。

「說下去吧。」小源眨眨眼，趕緊岔開話題。

「當年竺師伯收裴鈞武為徒的一個條件就是他要娶蕭菊源，並忠誠地照顧她一生。所以，如果裴鈞武背叛了蕭菊源，就等於背叛了對他師父的承諾，別說學習擎天咒了，能不能留在師門都難說。」

「答應你，我能得到什麼？」小源瞇起眼，學他當初和蕭菊源談條件的腔調，很明顯，他的企圖比她急切多了。

伊淳峻緩緩地揚起嘴角。「有進步。」話是讚許，表情卻不是那麼回事了。「只要妳能成功，我有辦法讓裴鈞武把他原本要送給蕭菊源的三成功力轉送給妳。」

小源差點冷笑出聲，這個條件對她來說毫無價值，如果她能讓裴鈞武背叛蕭菊源成為她的丈夫，她自然會對他說出真相，他的三成功力本就該送給她。

「好。」她豪爽地答應，一直希望伊淳峻能站在她這邊，現在真是得來全不費功夫，他所謂的條件自然要答應。

「以後有什麼行動都要先來和我商量。」

條件談妥，伊淳峻又一副盛氣凌人的樣子，說話都用了主上的語氣，小源氣得牙癢癢，忍不住在心裡咒罵他。

「別不服，妳雖然有副好皮囊，卻全無風情，乾癟豆子似的，怪不得剛才裴鈞武親著親著就跑了。」

「你！」小源氣得直想搧他。

「好好跟我學著點！晚了，裴鈞武的三成功力就要給了蕭菊源了。」他訓斥道。

小源暗自撇嘴，她都沒急，他急什麼？就算裴鈞武的功力不給蕭菊源也不可能送他嘛。

伊淳峻又冷冷開口了。「是啊，他的功力怎麼都不會送我，可蕭菊源有了那三成功力就不那麼好對付了，至少想暗殺某個武功低微、搶走她丈夫的仇人，簡直易如反掌。」

小源無奈承認他說得對，千日防賊是必輸之局，尤其蕭菊源那時八成會恨毒了她。

「還有……」伊淳峻瞇起眼，長長的睫毛半垂，真是蠱惑人心的妖孽，小源看著竟然有些羨慕他能做出這種美態，估計她有了這功力也就能趕得上她娘當年了。

「任何秘密，不到時機萬全，是絕對不能說出來的，否則下場淒慘，滿盤皆輸。」

小源渾身一寒，他的語氣深幽，怎麼聽怎麼是語帶雙關。小源莫名有些煩躁，他就是再怎麼能揣摩人心，也不可能知道她打算冒險對裴鈞武說出真相吧?!不過他的話倒像給她潑了盆冷水，讓頭腦清醒過來，她身分的秘密是多少血淚換來的，在沒確定裴鈞武能不能絕對相信她的話之前，她怎麼能冒這個險？

第十七章　裴家二叔

小源有些頭疼的跟在伊淳峻身後，自從那夜談好條件，伊淳峻對她武功的督導越來越嚴厲起來。

細雨連綿不斷地灑落下來，低低的烏雲和灰黃的天空讓人懶懶的振作不起來。都下雨了……小源暗自嘆了口氣，原本以為今天怎麼都能多睡一會兒的。

「就在這裡吧。」伊淳峻在湖邊的一處花叢下停住腳步，此處樹木也茂密，細雨不怎麼淋得透，地面還是乾乾的。

小源無奈地點頭，看見他在泥地上走也沒留下半個腳印，她也說不出什麼抱怨的話了。

想像他一般強，就要練得像他一般苦，這她還是明白的。

「嘆什麼氣？」伊淳峻轉過身來，微微歪著頭看她。

小源抿了下嘴唇，他一定是故意的，知道自己妖笑的時候最勾人。

「沒有。」她嘴硬，他的耳朵太尖了。

「別叫苦！」他沈下臉，師父的嘴臉又出來了。「我可不想有個豬一樣的幫手。」

她又氣炸了，想反駁，卻見他閒閒地一揮袖子，強勁的內力掃落了無數花瓣，花瓣沾了泥水，嬌嫩的顏色頓時破敗不堪。

「不想像這些花一樣，就好好跟我學。」伊淳峻的語氣是嚴肅的，嘴邊偏偏帶著魅惑的微笑，奇異地顯得美麗而殘忍。

小源把到嘴邊的話默默嚥下，他何曾說錯了什麼。以她現在的情況，自保都成問題。

小源坐下，盤膝開始運功，伊淳峻卻一改剛才的嚴肅，笑嘻嘻地貼著她坐下，華麗的袍角蓋住她的膝頭，小源冷著臉甩開。他一定是故意讓她分神，然後再義正辭嚴地訓她練功不專心。

「小源，妳已經知道我不少秘密，現在輪到妳說了。」他的眉梢挑起來，狡猾又妖俏。

小源的心咯噔了一下，故意不屑地說：「我沒什麼秘密。」

伊淳峻聽了，不以為意地笑笑，坐直了身子，瀟灑地把袍襬抖平。「小美人兒，妳知道妳最大的問題是什麼？」

小源沒說話，傲兀地閉著眼，耳朵卻聽得很認真。

「妳自以為很有戒心，可妳那點兒戒備讓人一眼就能看穿，沒等妳戒備別人，別人就先戒備了妳。」伊淳峻拂了拂鬢角故意留下的那縷風騷的髮絲。

小源咬了咬嘴唇，無可辯駁。

「妳還自以為把心事藏得好，可妳打算幹什麼……至少我輕而易舉地就知道。比如妳想得到裴鈞武，」他笑著瞥了她一眼。「到底為什麼？」

小源緊緊抿著嘴，她能說什麼？真把秘密告訴他？最讓她感覺到危險的就是他了！

「上邊那些都不是最致命的問題。」他突然心情很好的笑起來，再不追問剛才的話題。

小源忍不住瞪了他一眼，不確定他是不是又在戲弄她。

「妳最大的問題，是看不準人！」

小源臉色一白，被他觸到痛處，她的悲劇不就是從沒看清黃小荷開始的嗎？

「誰是危險的，誰是安全的，妳好像永遠分不清。妳防我什麼？」

他突然欺身靠過來，小源不自覺地屏住呼吸，他靠得太近，鼻尖幾乎貼上她的，長而濃密的睫毛搧動的時候，她感覺自己的臉有些麻癢。

「我信任妳，把我的秘密告訴了妳，而且……從我見到妳……」他越說越輕，曖昧的語氣讓小源覺得他要說的是「從我見到妳就喜歡上妳」。「我做過一件對妳不利的事嗎？」

小源皺了皺眉，有點兒生自己的氣，剛才那一瞬間竟然有些盼望他說表白的話，希望這點兒小心思沒被他看出來，不然丟人死了。

「妳在想什麼？」他又飛快地坐直，瞇著眼居高臨下地打量著她，嘴邊還帶著小源最討厭的那種笑。

「什麼……什麼都沒想！」小源生氣了。「你再胡言亂語，我就不和你合作了，把你的陰謀告訴裴鈞武！」她氣呼呼地抬頭瞪他，第一次發現他如此高眺，坐下都比她坐著高一大截。

伊淳峻聽了妖嬈地拉起袖子掩嘴笑。「好啊，妳快去說！我的陰謀？我的陰謀不過就是想學擎天咒，這是我和裴鈞武都心知肚明只是沒擺在桌面說的秘密。我幫妳去勾引他，說不定正中他的下懷，妳說出來，他還要感謝我。妳就不一樣了……小傢伙。」他伸出修長的手指點了她額頭一下，她竟然沒躲開。「妳那一肚子小心眼，無論我說出哪一件……」他的目光又變得令人膽寒。「妳恐怕都不好收場吧。」

小源瞪著他，又有那種他什麼都知道的錯覺。一定是他的詭計，詐她說出點兒什麼。小源冷哼了一聲，事到如今她何必想這麼多？他就算什麼都猜到，暫時也不可能站在蕭菊源的那邊。只要她下手夠快，他的威脅便不再是威脅。虧他還好意思說把秘密都告訴了她！在他眼中她是城府不深，可她也看得出他圖謀的絕非僅是擎天咒。他的秘密不會告訴她，她也不想知道，現在她和他目標一致，說不上誰利用誰。

「今天就到這兒吧，突然很敗興。」他冷著臉站起身，再不看她一眼，自顧自地走了。

小源莫名其妙地看著他，她還沒生氣，他倒不高興了。真是個喜怒難測的人，很不好相處。

小源搖搖頭，還說她是豬一樣的幫手呢，有個狐狸一樣的同盟又有什麼好？她往回走得很慢，不想追上他，雖然以他的身手，她連片他的衣角都看不見。

讓她不能理解的事情又發生了，伊淳峻一臉沒好氣兒地站在後門外等她，看她走近一把抓了她的手，數落說：「為什麼走得這麼慢？腿折了嗎?!」

小源氣噎，使勁想從他的手中解脫出來，不想他握得十分用力，而且她越掙扎他越抓緊，她疼得連連吸氣，正要罵，聽見丫鬟驚喜的叫聲。

「伊公子、李小姐，正愁不知道去哪兒尋你們！二老爺來了，公子請二位去廳上相見。」

伊淳峻冷冷地看了小源一眼，當著丫鬟，小源只得忍氣吞聲地被他拉著走，感覺丫鬟驚奇的眼光一直盯在他們相握的手上。

進了廳，小源忍不住細細看上首坐著的中年男人，他身形慓悍，錦衣華服掩不住粗豪的氣質。他應該就是裴福充的結拜二弟桂大通了，沒受到她爹爹資助前曾落草為寇，一身草莽氣也屬正常。

小源聽到好幾聲倒吸冷氣的聲音，她氣恨地使勁捏了下伊淳峻的手，現在好了，誰都看見他們這副「親密」樣子。他是在幫她嗎？裴鈞武也正看著他們呢！

桂大通張大嘴，愣愣地盯著伊淳峻和小源，人都不知不覺地站起來，這對兒年輕人堪比當年蕭鳴宇與李菊心的風采啊。

「二叔……」裴鈞武不得不尷尬地小聲叫了他一下。

「喔……喔。」桂大通癡癡迷迷地又坐回椅子，眼睛還是戀戀地盯著小源看。「這個小姑娘真像……」他想說真像當年蕭夫人，話到了嘴邊，看見蕭菊源嫋嫋娜娜地走到了廳口，這話他覺得不太合適，生硬地轉道：「真好相貌。」

小源看著他笑了笑，因為他是爹爹的舊部，又有結義之分，雖然他誇得莽直，她也覺得十分親切。

「她當然好相貌了。」蕭菊源越過小源向上首走，眼風落在伊淳峻和她相握的手上，口氣十分嘲弄。「西夏的皇子們都爭著娶她當王妃，在咱們霜傑館也吃香得很。」

小源聽了十分刺耳，嚴敏瑜已經拍著桌子要跳起來了，被坐在她邊上的慕容孝拉住。

蕭菊源傲慢地走到上首，桂大通竟然起身向她拱手為禮，把主位讓給她坐。

桂大通一站起來，裴鈞武也只得站起來，在場的所有人都只好跟著，蕭菊源洋洋得意地在上首坐下，慢悠悠地說了聲：「二叔也坐吧，一路辛苦了。」

桂大通唯唯諾諾地點頭，在她下首坐下，嚴敏瑜等人忍氣吞聲地跟著坐下。

小源面如白蠟，心裡又氣又痛，自小爹娘就對她說要尊重還奉蕭家為舊主的部下們，爹感念他們的忠義，還與他們結拜，兄弟相稱，如今蕭菊源竟然這般托大，折辱歲數將近大她兩倍的長輩。

裴鈞武的臉色也說不上好看，開口對桂大通說話格外尊重。「二叔，最近您多受累了，說說家中的詳細情形吧。」

蕭菊源窺了窺他的臉色，知道自己惹他不高興了，她也不是故意對二叔無禮，只是想讓這些人知道她才是真正的主人。

一說起家中的情形，桂大通激動起來，手舞足蹈地說：「家裡可亂了套啦！四月就開始有人給大哥送壽禮，大哥還說今年過壽不得不大辦了。正愁送禮人多，最近不知道哪兒竄出來個遭瘟的滅凌宮主，代替咱們下了什麼英雄帖，把人都召集到裴家莊來。賀壽的、參加英雄會的全湧過來，大門都快關不上了。大哥催你們快回去，這幫龜孫子半夜都來敲門啊，往年也不見他們這麼孝順！」

嚴敏瑜和元勳忍不住笑出聲，想不到風采翩翩的裴師兄竟有個這樣的二叔。慕容孝倒見怪不怪，他雖然和桂大通不熟，也見過幾面，只含笑聽他說話。

「看來……我們還真是騎虎難下了。」裴鈞武冷冷挑了下嘴角。「兵來將擋，水來土掩，我們就好好辦他一場壽宴加英雄會。」看來就算滅凌宮主不發英雄帖，那些人也找了其他理由跑來裴家莊一探究竟。

「好啊，好啊！」嚴敏瑜和拓跋元勳喜笑顏開，沒心沒肺地歡呼著。「一定很熱鬧吧。」

裴鈞武苦笑地看著他們，真不知道該說這二位活寶什麼好了。

「你們查了這麼久，查到那個滅凌宮主到底是個什麼玩意兒了嗎？」桂大通生氣地問，什麼麻煩都是他惹出來的。

裴鈞武搖頭。「最近我和伊師弟的人手如此賣力查找，竟然半點兒蹤跡也沒尋到。」

伊淳峻款款地端起茶杯。「既然他布下了這個局，到時候就一定會露面，我們倒也不必再費心尋訪他了。既然我們要大辦這場盛會，我倒有個好提議……」大家都好奇地看向他，伊淳峻這才滿意地繼續說——

「當年李師叔就是靠在英雄大會上一曲菊仙舞名震江湖的，如今這群心懷叵測的江湖人等，冒犯地說一句——」他笑著向桂大通點頭賠罪，桂大通被他晃得又一愣神，這小子比當年的蕭鳴宇妖俏多了。「表面上是來給裴莊主賀壽，或者來參加英雄會，其實都是衝著菊源妹妹和蕭家寶藏來。既然這樣，我們更加該讓菊源妹妹好好露下臉，像當年李師叔一樣，一鳴驚人名動江湖。裴師兄也要拿出實力，奪得比武魁首，讓他們知道，師兄和菊源妹妹天造地設，別再起什麼非分之想。」

裴鈞武沈吟著沒有接話，這個誇耀的舉動，對他或者菊源未必真像伊淳峻說的全是好處。

「這菊仙舞，師父當年教過我，至於舞衣首飾、會場佈置，我鋪子裡的那些工匠都可盡力，菊源妹妹，一曲菊仙舞後，妳就可以像李師叔一樣，人人都誇妳是第一美女，妳的心願真的達成了。」

雖然他話裡有刺，蕭菊源聽了不舒服，但這個提議她太喜歡了，不由連連點頭。

桂大通想起當年的盛況興奮起來。「很是！很是！少主就是那時候被夫人迷住了，迷得一塌糊塗。那舞……就算我這個大老粗看了，都覺得美上天了！」

「我看菊仙舞就不必了，菊源已經夠引人注目了，何必再把她往風頭浪尖上推呢？」裴鈞武搖頭，明確地不贊同伊淳峻的提議。

「大家可都是奔著菊源妹妹來的，越是把她藏起來，好奇的人就越是會做出麻煩的舉動。不如讓大家都知道，『絕世美女』不是隨便哪個癩蛤蟆都能垂涎的。」

他在絕世美女這個詞上加了個怪音，譏諷味道十足，嚴敏瑜笑出聲，小源也抿嘴笑，十分解氣。

裴鈞武冷冷瞥了他一眼，又轉過來看蕭菊源。「源兒，妳怎麼看？」

「我……我……」蕭菊源的臉有些紅。「也想像娘當年那樣。」

小源拚命忍住不露出鄙夷的神色，蕭菊源巴不得讓全天下人都讚她是第一美女，當然越出風頭越好了。還「像娘一樣」呢，蕭家的臉都快被她丟光了！

裴鈞武沈著臉不再吭氣，臉色難看。

蕭菊源只顧想出名，也顧不得他不高興了。

「肚子有點兒餓，早點開飯吧。」桂大通看出氣氛尷尬，大聲地吩咐。

丫鬟們忙著擺飯，廳裡緊繃的氣氛緩和了許多。

幾杯酒下肚，桂大通有點兒迷糊，招手叫小源。「小姑娘，妳過來。」

小源有些遲疑，不知道他是不是醉了。

「過來，過來。」桂大通繼續招手。

她只得走過去，剛接近他，桂大通一把抓住她的胳膊，另一隻手有些粗魯地撫上她粉嫩的小臉。

他細看她，眼睛竟然濕潤了，發乎真誠地說：「妳這個小丫頭，倒有幾分夫人當年的味道。」

小源震動地看著他，並不覺得他的撫觸是種冒犯。

「怪了，」桂大通張著嘴瞟了眼已經變了臉色的蕭菊源。「親女兒反而不太像爹娘。」

「鬆手，老色鬼！」拓跋元勳已經跳起來了。

桂大通翻了他一個白眼。「你說誰是老色鬼？我很老嗎？」他又真摯地看向小源。「孩子，以後妳也喊我一聲二叔吧，我怎麼覺得妳這麼親呢！」

小源覺得鼻子有點酸，點了點頭。

「還是色鬼！你看小源長得好看就親了，你看我親不親啊？」拓跋元勳幾步搶上來要抓開他的手。

有人比他更快，裴鈞武不動聲色地一抬手，一股內斂的氣勁逼過來，桂大通只覺得胳膊一痠，只能順著那勁道甩開手。

小源被那內力一推，竟把她推得後退幾步，正好被拓跋元勳抱個滿懷。

「小子，你是這小姑娘的男人？」桂大通直白地問，還疑惑地看了眼伊淳峻，想想當年夫人身邊也是這麼蜂飛蝶舞的，他也釋然了。

元勳倒也不羞，理直氣壯地瞪著他。「現在還不是，遲早是。剛才蕭菊源不是說了嗎？我們都搶著娶她當王妃，我肯定搶得到！」這話讓廳裡的幾個人臉色都微微一變，蕭菊源乾脆不屑地冷哼出聲，覺得這話是元勳故意說給她聽的。

小源笑著瞪了他一眼，從小到大，這話元勳是掛在嘴邊的，她聽多了也不覺得怎麼樣了。其他人看她笑，都覺得是種默認。

「好小子，老子很喜歡你，今天咱倆喝個痛快。」桂大通拍著大腿，笑得好不開心。

「你以後要好好對這個小姑娘，半點兒也不能對不起她。」

元勳也咧開嘴，直著嗓子說：「沒問題！就這麼說定了！」

小源苦笑，越來越羨慕元勳和嚴敏瑜的直白單純了，多好，快意人生。

她無意一轉眼，看見裴鈞武和伊淳峻都用一種奇怪的眼神看她。裴鈞武垂下眼避開她的目光，伊淳峻卻一直盯著她笑，不知道在轉什麼壞主意。

第十八章　菊仙之舞

雨半夜才停，清晨就格外清新，花草樹木都有了水氣的清香。

小源站在屋簷下看懸在瓦邊上的水滴，今天伊淳峻就要開始教蕭菊源跳菊仙舞了，裴鈞武會為她彈奏大師伯寫給娘的曲子。想起蕭菊源的膚淺和傲慢就覺得爹娘被侮辱了……可這都怪她不好。原本蕭家、「蕭菊源」都該慢慢沈入歲月，變成美麗神秘的往事，而不是像如今一樣，極其淺薄浮誇地出現在江湖和世人面前。

元勳扶著頭從隔壁房間出來，昨天他和桂二叔都喝醉了，鬧了大半夜。

「小源，」看見她俏生生地站在那兒，他開朗地笑起來。「站這兒幹麼？快走。」他自然地上來拉她的手。「今天不是伊妖怪要教蕭菊源跳舞嗎？」因為蕭菊源不招人喜歡，他和嚴敏瑜現在都不客氣地連名帶姓叫她。

小源任由他拉著，從他單純而真摯的表情裡，她感到一陣輕鬆。一個沒心機、沒心事的快樂人陪在身邊對她來說也是種撫慰。

元勳一邊走一邊笑，小源也忍不住笑了，問他：「你在自己瞎高興什麼？」

元勳誇張地「噗哧」一聲笑得很有爆發力。「我真想看伊師兄跳女人舞的樣子。他本來就夠……我還想看裴師兄看他跳舞的表情，哎喲、哎喲，我肚子疼了。」他忍住笑，表情很辛苦。「要不是為了看這齣好戲，我根本起不來床。」

接近小廣場，小源聽見有一下沒一下的悠長琴聲，他……在隨意地撥弄著琴弦。幾個丫鬟賴在角落裡交頭接耳，低聲說笑，主人沒趕她們離開，她們巴不得在這兒看熱鬧，光是看見這幾個人都夠養眼的了。

元勳拉著她走得很急，小源一下子就在月洞門後看見了那幾個讓她心情複雜的人。

伊淳峻笑嘻嘻地擺弄著蕭菊源的胳膊和腰，教她基本的動作，蕭菊源學得很認真，雖然不喜歡伊淳峻，但任由他在身上摸來摸去。

嚴敏瑜皺著眉，表情很糾結，她太討厭蕭菊源了，看伊淳峻與她如此親密接觸，覺得「有山有水」投入了敵隊的陣營。

似乎沒有一個人覺得伊淳峻和蕭菊源有男女授受不親的困擾，伊淳峻和女人在一起是很安全的，至少那個女人很安全……小源有點兒理解昨天大家看她和他拉手，雖然驚訝卻沒一個人來詢問她。

裴鈞武調試好琴弦，一段悠揚的樂曲行雲流水般從他指尖傾瀉出來，小源聽了心竟然加快了跳動，臉也有些紅了。這是竺師伯為娘寫下的傾慕之曲，婉轉而孤潔，是對娘的傾訴也是對自己求而不得的悵惘，裴鈞武彈起來似乎格外有味道。

小源忍著沒去看他，伊淳峻對她說過，想得到就要有耐性，不要再看裴鈞武一眼，不要再輕易說一句話，遠遠吊著。

「桂二叔呢？」

小源聽見元動問他，裴鈞武對元動說話的語氣有些疏淡——

「已經回去了。」

他平時說話溫和內斂，一點點的冷淡小源聽得十分明顯。

元動卻毫無所覺，遺憾地直拍手，連聲說還想和二叔多喝幾杯。

面對這樣坦蕩無心的小師弟，裴鈞武對自己心裡的芥蒂有些慚愧，抬頭時卻發現伊淳峻邊指點蕭菊源邊看著他笑，那笑容像是看穿了他的窘迫，讓他更加難堪。

「裴師兄——」伊淳峻像沒看見裴鈞武皺攏的眉頭一樣，笑著喊了他一聲。「我們準備好了，你開始為我彈奏菊仙曲吧。」

大家的臉色又是一陣泛白，伊淳峻對裴鈞武的調戲真是越來越見縫插針了。

裴鈞武似乎思慮重重，心不在焉地點了點頭，太過自然，倒像是徹底習慣了。

嚴敏瑜小聲地對元動說：「我真擔心，這樣下去裴師兄不會真從了『有山有水』吧？」

「菊源，我先跳一遍，妳仔細看。」

聽見伊淳峻對蕭菊源說話的語氣恢復正常，大家也都跟著放下心來。每次伊淳峻向裴鈞武曖昧含情地調戲，大家都提心弔膽，生怕兩人打起來。

伊淳峻隨著曲子舞動，一舉手一抬足都是那麼瀟灑俊美，完全不帶女氣的造作。

小源都看得出神了，娘跳的菊舞冷傲嫵媚，伊淳峻則跳得高潔脫俗。

菊仙舞適合娘，似乎也很適合他。

元勳也看得癡癡迷迷，原本還以為伊淳峻會跳得女裡女氣，就算仗著好容貌不會太噁心人也絕對會讓大家起雞皮疙瘩，沒想到竟然會跳得這麼好看，他都被深深迷住了。

「伊師兄，你真美。」元勳怔怔地說。

伊淳峻停下來，向他淺笑。「不可以喜歡我，我對裴師兄死心塌地，你會傷心的。」琴聲一高，走音了。裴鈞武僵著臉停下手，嘴角一陣抽搐。

「不行！」蕭菊源看上去真的有點著急了。「他是我相公！」直口說出來自己也害羞了，嬌俏地跺了跺腳。

伊淳峻不服氣。「你倆成親了嗎？」

裴鈞武一向的冷靜自持終於有了崩潰的跡象。「伊淳峻，壽宴期間江湖豪傑都會前來，你別總是胡言亂語讓人恥笑。」

「恥笑？」伊淳峻不以為然。「我喜歡某個人礙著誰了？」他的聲音冷峭，帶了明顯的惱怒。

大家都看著蕭菊源，這時候她不正該站出來說「礙著我了」嗎？

蕭菊源卻很讓大家失望地悶不吭聲，她不想在這個時候真的觸怒伊淳峻。

伊淳峻傲兀地冷笑一聲。「誰敢恥笑我，我就宰了他。」別人說或許是氣話，他說……絕對是威脅。「我喜歡誰就大聲地告訴他，何必……藏著掖著，只會讓自己難受。」

小源聽了，身子微微一顫，這話伊淳峻說得別有用意，眼神不期然撞上裴鈞武正看向她的深邃目光，馬上又都各懷心思的撇開。

「菊源，該妳跳。」伊淳峻聲音大得有些突兀，小源看了他一眼，他正冷冷笑著瞪她。看著伊淳峻手把手教蕭菊源跳舞，嚴敏瑜突然哭了。「我恨藍師伯。」

小源和元勳都不解地看著她，這又是哪跟哪？

「他沒事就好好教伊師兄功夫嘛，幹麼教他這些奇談怪論?!還教他跳舞，就是他把伊師兄弄成這樣的！」

小源哭笑不得，一想到藍師伯教伊淳峻跳菊舞的情形……實在也很好笑。

元勳很感慨，他真誠地安慰唏噓不已的師姊。「別恨藍師伯了，最遭報應的不就是他嗎？」

裴鈞武的曲子彈了幾遍，越來越熟練，可蕭菊源的舞卻怎麼也跳不好，動作生硬，毫無神韻。她越來越著急，甚至還哭了，裴鈞武柔聲安慰她。從昨天她惹他不高興，他就沒怎麼同她說話，他的態度一和緩，她越發哭得梨花帶雨，順勢倒入他的懷中啜泣。

「不是妳自己非要學嗎？」裴鈞武無奈苦笑。

蕭菊源撒嬌地扭動著肩膀。

嚴敏瑜不以為然地看著他們。「這才到底是青梅竹馬，再討厭的人也能看成西施貂蟬。我真倒楣！」她看蒼蠅似的看了眼元勳。「從小就和你這麼個東西一起長大，這麼多年你對我說過這麼貼心的話嗎？」

小源覺得這個場面她真的無法繼續旁觀，不動聲色地默默離開。最近勤加修練，效果十分明顯，飛掠中感到自己的身體輕盈了許多。

每次有煩心的事她都會去花溪湖，那泛著微波的湖水看得久了，就能撫平心事。

靜默的湖邊一個人影也沒有，小源看著水面的粼光，想起五歲生辰那天娘為她而跳的菊仙舞，從那天開始她就迫切地想學好本門的功夫，跳那麼美的舞蹈。

柔柔抬手，轉身……飛掠半步。她想著娘，不自覺地跳了起來。

蕭菊源真笨！伊淳峻教了她那麼多遍都沒學會！

她在一旁看都看會了，而且那舞蹈深深地印在她的心底，身體輕盈了，動作也水到渠成。她太沈迷於回憶，周遭的一切都好像被隔離，她同娘一起翩翩起舞。

「好美……」有些嫉妒的稱讚，是蕭菊源。

小源一驚，從回憶中清醒，舞步被生硬的打斷讓她重心不穩，劇烈地一晃。她看見了裴鈞武、伊淳峻和蕭菊源，他們大概是打算換個靜僻的地方繼續練習，她竟然沒察覺他們走近！

「小心。」伊淳峻優雅地飛身一抄，把她摟在懷裡。「妳跳得真太美了。」他在她耳邊輕聲說，輕柔的呼吸撩過她的耳廓，又麻又癢。

小源像被人窺見秘密，又羞又慌，臉紅了。

蕭菊源口氣古怪地說：「既然小源跳得這麼好，乾脆那天就讓她替我跳吧。」

裴鈞武和伊淳峻幾乎同時搖頭。

小源被他們的反應刺得心裡有些痛，冷聲說：「大家要看的是蕭家小姐的菊仙舞，別人跳得好有什麼用，可能……」她看了裴鈞武一眼。「會有人覺得別人都不配跳這舞。」

蕭菊源笑著不說話，用神情表明她就是這麼想的。

裴鈞武皺眉，小源為什麼要這麼曲解他的意思，可真正的原因，他能說得出口嗎……

「別人怎麼想的我可不知道，妳在湖邊翩翩起舞的姿態，我可捨不得再讓別人看到。」伊淳峻眼底流動著隱隱的光彩。

小源敏銳地察覺了他不同以往的眼色，心想大概是她的菊仙舞博得了他的讚許吧！

裴鈞武眉頭一挑，這不是他無法宣之於口的心事嗎？他看了伊淳峻一眼，若有所思地皺起眉。

第十九章　分房而睡

前往裴家莊的行程被提前了，裴鈞武和伊淳峻都停下各自手頭的事務，慕容孝也被召回家。

大家收拾了簡單的行裝，隔天天沒亮就上了路。

蜿蜒的黃土路像是被不遠處的翠綠山谷阻斷，仔細望去，卻只微微一彎便又是一番嶄新景象。

走了一天，接近黃昏才在路邊看見一家不大的客棧，青石堆砌，大方結實，馬圈、食寮倒也齊全。因為緊鄰山腳，便成為趕路人傍晚歇宿的必由之所。

裴鈞武看了看天色，現在進山只能露宿郊野，幾個姑娘家怕是不太方便。「今晚就住在這裡吧。」他嘆了口氣，有些煩惱。這些師弟師妹說是來幫忙，都是些讓他操心的人物。往日他獨自來回霜傑館和裴家莊，都能在傍晚前翻過前面的山谷，到達山那邊的鎮子。現在……他也捨不得這麼趕路，尤其他不願去想自己到底在顧慮誰。

蕭菊源嫌棄地打量這間荒郊野店。「住這裡?!」她隔著紗帽覆下來的輕紗擰著眉頭看石頭院子裡大聲說笑喧鬧的腳夫商販，他們正用猥瑣的目光盯著幾個姑娘瞧，雖然她們都把容貌遮擋嚴實，也讓他們興奮地談笑。「武哥，我寧願連夜趕路，到前面鎮上像樣點的客棧再歇。」

「不行！」元勳直接地拒絕，難得細心地為身邊的小源整理了下紗帽，確保紗幕把她的絕色遮擋妥貼。雖然那些趕腳送貨粗人野漢的目光讓他很生氣，但以師姊和小源的體力真的不能連夜趕路了。「晚上進山，姑娘們怎麼辦！」

「我不要緊。」蕭菊源抓著裴鈞武的胳膊搖，說什麼也不願意住在這裡。

「誰問妳了？」嚴敏瑜瞪了她一眼。「我和小源可走不動了。」

「早知道還不如騎馬。」蕭菊源抱怨，不滿地看著嚴敏瑜和小源。

「都是山路，妳騎馬又能快到哪兒去？」嚴敏瑜反唇相稽。「早上出發的時候妳不還歡天喜地的說好久沒和妳武哥走遠路，很開心嗎？」

蕭菊源被她嗆得無話可說，噘著嘴生悶氣。

「就住這兒吧。」裴鈞武不堪其擾，率先向小店的簡陋院門走去。

在路邊招呼客人的小二一直沒敢過來招呼他們，因為他們看起來並不像是會宿在這裡的人，裴鈞武走過來問他還有幾間上房讓他很是驚喜。

「三間。」他直直地看著裴鈞武，這麼好看的男人他這輩子也沒見過幾回。

「我多給你一倍銀子，務必多騰出兩間來。」裴鈞武從腰裡隨手摸出一個銀錠子扔給小二。

小二嚥口水，卻很失望。「公子，我們小店就只有三間上房，剩下的就是普通客房了。」小二手一指一人高石頭圍牆裡面潦草搭建的一圈粗糙房屋，看構造只比角落的馬圈多了窗子和薄木門。站在院子裡就能從二指寬的門窗縫隙裡看清楚房間裡的全部。

裴鈞武的眉頭皺起來，顯然有點拿不定主意要不要掉頭就走。

「沒辦法，只能擠那三間『上房』了。」一直在石頭圍牆外察看周圍的伊淳峻走進院子。

小二當場愣住，嘴巴越張越大。他長這麼大，還沒見過這樣美貌的男女，簡直不像凡人啊。

「三間房……要怎麼住呢？」伊淳峻顯然在打什麼主意，臉上的笑讓裴鈞武瞪了他一眼。

「我和裴師兄一間。」他欣喜地要求。

「不。」裴鈞武冷淡而堅決。

「你別看我！」元勳見伊淳峻又一副狼吃小羊的表情扭過臉來看他，趕緊大叫了一聲，還誇張地往小源身後躲。

「我和你一間，有山有水。」嚴敏瑜笑起來。

這回輪到伊淳峻渾身哆嗦，誰是狼誰是羊真是充滿變數啊。

裴鈞武半天沒說話，顯然也是左右為難，一個不慎就會導致嚴重後果……

「我和武哥一間。」蕭菊源一改剛才的怨氣，口氣堅決中明顯在暗自竊喜。她還生怕伊淳峻不死心，上前一步攬住裴鈞武的胳膊。

伊淳峻嗤笑一聲，蕭菊源還真會順水推舟，這一來……今晚難不成就可以鼎定乾坤？
蕭菊源被他笑得滿臉通紅，幸好有輕紗覆面不致太過狼狽。
「我和小源一間。」元勳笑得十分開心，大聲宣佈自己的決定。
「不行！」
「不行！」
裴鈞武和伊淳峻同時說，話一出口兩人都有些微微怔忡地看了對方一眼，伊淳峻抿嘴一笑，裴鈞武卻冷了臉不再看他。
「還是我和小源一間。」伊淳峻笑著嘆了口氣，突然十分愉悅地展顏一笑。「你們聽過狼、羊、蔬菜、兔子一起過河的故事嗎？」
「沒興趣聽，累得要死！」嚴敏瑜心情敗壞，甩手甩腳地喝著小二快些帶路。
伊淳峻心滿意足地走過來攬住小源的肩頭。「我們這一組是羊和兔子。喂，菊源，你們那一組可是狼和小羊呢，當心喲。」
「別理他，武哥，我們走。」蕭菊源更加不好意思，使勁拉裴鈞武的胳膊。
「那我和師姊這一組是什麼？」元勳興致勃勃地問。
「嗯……狼和蔬菜。」
「她還不如蔬菜呢！」元勳向著嚴敏瑜的後背翻白眼。
「是啊，她是狼，你是菜。」

「……」

幾個押鏢的壯漢一邊向伊淳峻指指點點，一邊哈哈大笑，粗鄙下流的話語也清楚地傳了過來。

「……你看那個不男不女的，比女人還俊，要能弄一弄他，真是一生都夠本兒。」

「他奶奶的，看那模樣，瞧著都動火，唉……想來他那滋味……」

又是一陣比剛才還響的淫笑。

元勳臉頓時變色，兩眼冒火，摩拳擦掌地就要過去教訓他們，卻被伊淳峻微笑著攔住。

向剛才說話的那個大漢嫣然一笑，那一群大漢都愣了神，直直看他。

伊淳峻的手微微一揚，那個大漢嗷的一聲慘叫，雙手緊緊捂著嘴，血從指縫裡直冒。他倒在地上打了幾個滾吐出一口鮮血，裡面摻雜著幾顆門牙和一粒小石子。

伊淳峻還是笑得那麼美，眼睛裡卻都是駭人的寒意。他笑著問：「我的滋味怎麼樣？甜嗎？」

其餘幾個大漢惱羞成怒，紛紛抄起兵器。

伊淳峻冷笑。「你們也都想嚐？」

一句話鎮住了幾個莽漢，雖然都比比劃劃，卻沒人敢帶頭衝過來。

小源皺眉，以伊淳峻的脾氣，那幾個粗人再一莽撞可能都得斃命。雖然她也不想和伊淳峻顯得那麼親近，卻真不願意再鬧出更大的場面來，只得硬著頭皮走過去拉起伊淳峻的手。

「好了，走吧，都累了。」

伊淳峻難得很聽話，被她拉著向店裡走。

大漢們剛鬆了一口氣，準備在他們離開後再罵幾句，還沒等這口氣吐盡，伊淳峻微微回過臉，淡藍色的袖子一甩，突如其來的猛烈內力把他們腳邊充作石桌的三尺見方的石塊捲挾而起，「砰」的一聲砸落在準備生火的柴堆上，把乾燥的柴禾壓得稀巴爛。

在場的所有人都噤若寒蟬，呆呆地看著他被小源拉著悠然走進房間。

關了房門，小源拿下紗帽，有點兒抱怨地瞪著伊淳峻。「幹麼生那麼大的氣？趕路中和幾個蠢人較什麼真？」

伊淳峻半躺在床上，似笑非笑地看她。「主要是那幾個人長得太醜，好看一些也就罷了。」

小源聽了哭笑不得，再懶得理他，走到桌邊看了看茶壺，搖了搖頭，很髒，根本不能用。

「晚上我給妳做個人皮面具吧，別戴帽子了。」他懶洋洋地趴在自己胳膊上，眼睛一直追隨著她。

小源扭過頭來看他，不情願地道了聲謝。「謝啦，戴著帽子的確不方便，看不清東西。」

伊淳峻坐直身子。「就是，帽子太討厭了，我連妳的眼睛都看不見了。」他淡淡笑著說。

小源的心微微一動，要不是知道他喜歡男人，這口氣……真讓她疑惑呢！他現在調戲裴鈞武成了習慣，跟誰說話都那麼陰陽怪氣的。

晚飯是小二分別端進房間各自吃的，嚴敏瑜和元勳非要擠到他們房間來吃。

「你們說……」元勳吃了幾口菜，壞笑出聲。「蕭菊源晚上會不會勾引裴師兄啊？」

小源的手微微一抖，筷子挾的青菜差點掉落下來。

「她肯定會！但裴師兄是不會答應的！」嚴敏瑜胸有成竹。「裴師兄是正人君子。」

「正人君子？」元勳嗤之以鼻。「旁邊睡了個美人，而且將來是自己老婆，還當正人君子那就是身體有問題。」

伊淳峻噗哧一笑，拍了拍元勳的肩膀。

元勳有點兒疑惑，伊師兄沒吃醋啊？他更滔滔不絕地說：「剛才伊師兄說他們是狼和小羊，」他想起蕭菊源看裴師兄的眼神。「他倆誰是羊誰是狼還真不好說啊。」

「以前他倆就一起學武，住在偏僻的竹海，會不會早就……那個那個了啊？」嚴敏瑜微紅了臉鬼頭鬼腦地說，還不自覺的壓低了聲音。

「沒有，他倆還是清白的。」伊淳峻笑不可抑，口氣肯定。

「你怎麼知道？」元勳十分質疑。

伊淳峻美麗純真地一笑。「看蕭菊源就知道。要是已經到手了，她何必還這麼著急？」

元勳和嚴敏瑜都贊同地點頭。

第二十章　少女幽香

飯後小二貼心地送來了熱水，小源見伊淳峻完全沒有迴避讓她盥洗的意思，只能粗略地洗了洗臉就算了。

天已經完全黑下來，伊淳峻看來毫無入睡的打算，坐在床上開始運功打坐，小源只得安靜地坐在椅子裡，連聲音都不敢發出，怕打擾到他。不管他是個怎樣的人，但他對武功真的很刻苦。

劣質的蠟燭光線很昏暗，小源百無聊賴，只能看他練功。真氣在他體內周天裡流動，讓他的臉顯現一種沈靜的慈和。怪不得師姊總會去摸他的臉，真的太美了，眉目之間淨是迫人的寶光。

他的雙掌交疊，掌心向上，小源嚇了一跳，他的掌心裡竟然聚集了如海水般湛藍的顏色！

她有些害怕，該不會是真氣鬱結在那裡了吧？內功到達了他那樣的境界，稍微一點點的淤滯都會釀成大禍。她急匆匆地跑到他身前，又不敢碰他，又怕他已經暈厥，正焦急著要不要去找裴鈞武來，突然看他微微一笑。

他閉著眼，深吸了一口氣，收了內力，掌心的藍色也隨即消失。

小源放了心，又生他的氣，他又是故意嚇她的吧？

伊淳峻睜開眼，看見她忿忿的神情不由笑出聲，心情愉快地問：「發現我掌心發藍著急了？」

小源看他嬉皮笑臉的樣子恨不能搧他兩耳光，剛才她多害怕啊！

他又笑了，眼睛裡有某種情緒流過。「那是我內功修為達到臻至境界的表徵。裴師兄也有的，只是他和他師父是掌心發紅，不似我們的明顯。」

小源很好奇，連生氣都忘記了。「同是一派內功怎麼會不一樣呢？」

「竺師伯為人沈穩內斂，師祖傳他的內功醇和厚重，我師父灑脫不羈，所以內功是剛猛強烈一路的。」

她點點頭，怪不得他內力的勁道比裴鈞武凶狠霸氣。

「今晚怎麼睡？」伊淳峻又壞壞地笑了，閒散地伸了個懶腰。

「上房」只有一張大床。

小源瞥了他一眼。「你睡床，我睡地鋪。」

「那怎麼好意思？」嘴上說不好意思，人卻已經不客氣地躺下了。

小源冷哼了一聲，有些譏刺地說：「那是當然的，你教我功夫，又給我做人皮面具，欠了你那麼多人情，不讓你睡床怎麼可以？」

他看著她呵呵笑起來。「我與妳也算亦師亦友了。」

小源不理他，鋪好地鋪背對著他躺下。

「妳說……裴鈞武和蕭菊源今晚是怎麼個睡法？」他故意刺激她似的笑嘻嘻地問。

小源重重地閉上眼，還是不理他，心卻微微起了一陣煩亂，其實剛才她從窗子看過裴鈞武和蕭菊源的房間，燈是黑著的。那黑乎乎的房間讓她的心像扎了一根刺，最可笑的是，蕭菊源就算和裴鈞武有了什麼也算天經地義，吃醋也輪不到她。

看著她纖纖巧巧的後背，伊淳峻又悠悠地說話了。「不必煩心，裴鈞武沒在房間睡覺。」

小源忍不住翻過身來瞪他。「你怎麼知道？」

他半瞇著的冷邃眼瞳，讓她的心無緣無故一悸。

「我打坐的時候感應到他的內息了……很深厚。」他又瞇了瞇眼，漂亮的眸子望向窗外蒼茫的夜色。「他在山裡，看樣子今晚會在那兒吐納一夜。」

一夜？小源忍不住心情轉好，蕭菊源一定會很失望，那她就高興！

「有必要笑成這樣嗎？」伊淳峻沈著臉不怎麼高興地撇了下嘴。

她笑出來了？小源這才發現自己不知不覺的勾起嘴角。她又翻身背對他。「要你管！你不也該高興嗎？你的裴師兄安全了。」

「哼。」他低低一哼。

她心安地閉起眼，走了一天真有些累了，心一舒坦即使睡在地上也感到很舒服。

「看來……裴鈞武是真的不怎麼喜歡蕭菊源呢！」伊淳峻今晚的話似乎特別多。「要不是那麼多束縛，他早就把蕭菊源甩了吧。」

小源心情很好的閉著眼，難得他能說句讓她聽了順心的話。

「我要是蕭菊源，越是這樣越要裝成聖女，不可隨意親近。」伊淳峻口氣古怪地說，怎麼都好像有點酸，教小源聽了直想笑。「這可是牽扯到裴鈞武三成功力的大交易，以裴鈞武現在的修為，這三成功力非同小可，蕭菊源也就剩對他情真意切又純潔專一這點兒籌碼了。」

小源覺得他的語聲有點兒遠，原來是太睏了，不知道他後來又說了什麼，她放鬆地入睡了。

「啊！」睡得香香的小源被元勳的一聲尖叫吵醒，這叫聲離她的耳朵太近了，震得她腦袋「嗡」的一響，頭都疼痛起來了。

她不怎麼高興地矇矓睜眼，看見元勳氣急敗壞的臉和嚴敏瑜滿是狐疑的神色。

「怎麼了？」她還是沒緩過神來。

「出了什麼事？」裴鈞武聽見叫聲飛速趕來，身上還帶著露水的潮氣。

所有人都表情古怪地愣愣瞪著她看，小源皺眉起身，啊？她怎麼在床上？她驚愕地回身四顧，是的，她睡在床上，睡在伊淳峻懷裡。

伊淳峻正慵懶性感地皺著眉，有些煩地睇起眼，抱怨道：「吵死了！」

地鋪被收拾得乾乾淨淨，好像完全沒有存在過，就像她一直睡在他懷裡似的。

小源冷冷看他，一定是他半夜裡起來搞的鬼。她真不知道他到底在想些什麼？越來越覺得他所謂的結盟是場騙局！

「你們一大幫子人杵在這兒看，我和小源還怎麼起身梳洗？」伊淳峻長臂一伸，把小源重新壓倒在枕頭上。「煩得要命，再睡一會兒。」

除了裴鈞武臉色發青地一聲不吭，嚴敏瑜和元勳都要跳起來了。

「就算你喜歡男人，可小源也是姑娘家啊！這……這……」元勳的話都說不順當了。

「出去！」伊淳峻有點兒火了。

「我們走吧。」裴鈞武冷冷地說，第一個轉身離去，嚴敏瑜不甘心地蠕動著嘴唇，她也有很多問題想問，可看了看就要氣炸的元勳，還是選擇先把他推出去，不然真惹煩了伊師兄，吃虧的還是元勳。

房間裡頃刻又只剩他們倆，小源恨恨地甩開他壓住她的胳膊。「伊淳峻！」她有些惱火地低吼。

小源不想承認，自己的火氣是來自於裴鈞武的平淡反應。

「這只是個試探。」伊淳峻側著臉淺笑看她，眼光深沈。「結果不怎麼好，裴鈞武喜歡妳的程度顯然不夠。」

她氣恨地抬手想打他，卻被他不費吹灰之力地握住。

「你放開！」她深惡痛絕地說：「你再怎麼試探也不該……」這太過分了！

伊淳峻對她的怒氣置若罔聞，好像很有苦衷似的。「只能怪妳太香了，我抱著妳就捨不得鬆開了，我也想沾點兒這麼好聞的香味。」

「伊淳峻！」她真生氣了。

他收了笑，又像是蠱惑般深深看她了。「我怎麼忍心讓妳睡在地上呢？」

她看著他的眼睛冷笑。「你覺得我會相信你有這麼好心嗎？不忍心，你可以一開始就讓我睡床啊。」

「小源……」他笑著皺眉。「妳真沒意思，姑娘家像妳這樣就不可愛了。」

「我本來就不可愛。你到底想幹什麼？」她雖然不瞭解他，卻已經太明白他不會無緣無故地做莫名其妙的事。

「裴鈞武……」他果然臉一沈收了笑，連眼睛都冷了。

她一愣。

「他的愛還太冷，需要妒火烤一烤，我來做這個放火的人。等他的心熱了，小源，就該看妳的了。」

她冷冷看著他，果然，他的確不是個白做工的人。

第二十一章　名門公子

翻過山，過了鎮，路變得十分平坦。大家卻沒有因為行路輕鬆而變得高興起來，都憂心忡忡地趕路。

看來情況比他們預想得還要嚴重，前往裴家莊的大路熱鬧得幾乎有些荒唐。裝著禮物的馬車、押送禮物的下人、飛馳而過的馬隊、衣飾光鮮的各種江湖人物……因為都是習武之人，就更顯得威風八面，魚龍混雜。

嚴敏瑜和元勳都感到應付這麼多人是件多麼嚴峻的事，沒了說笑的興致。

到了午飯時間，一行人才找了家茶寮打尖。

裴鈞武一路都沒說過一句話，坐在桌邊冷眼看這群各懷鬼胎的人紛紛擾擾地走過。

「那個……」雖然氣氛沈悶，嚴敏瑜還是忍不住開口了。「我怎麼看著……來了很多年輕的公子呀？好像還都長得不錯。」

蕭菊源嬌羞地紅了臉，轉著自己的茶杯，偷偷瞄一眼裴鈞武。他只顧想心事，完全沒發現她的脈脈柔情，蕭菊源很是失望。

伊淳峻笑起來。「他們都是妄想著從裴師兄手裡搶走菊源妹妹芳心的，明擺著菊源現在比皇帝的女兒還吃香，得到了她的眷顧，美人財寶盡收囊中，還能在天下英雄面前出個大大的風頭，真是一本萬利啊。」

「伊師兄！」蕭菊源嬌嗔地瞪了他一眼，但顯然是贊同他的說法的。

「都是作夢！」元勳不屑地看著他們意氣風發地走過。「天底下還有誰能比得上裴師兄？都是些癩蛤蟆！」他一直最欽佩裴鈞武的。

「還有伊師兄啊。」嚴敏瑜不服氣，她還是更偏愛有山有水的。

「呃……」元勳噎了一口氣，眨了眨眼，若單純只論男人的話，不應該算上伊師兄吧。

伊淳峻又幽幽地開口了。「小元勳，你這話說得未免太滿。當然了，你還太年輕，不懂男人。」

元勳一臉菜色，他幹麼要懂男人啊？他只要勉強弄懂女人就夠了。

「這第一等的男人……」伊淳峻用眼角瞟著裴鈞武，意味深長。「可不是僅只武功高、長得俊就算的，死木疙瘩一塊，哪有什麼風情呢？」

裴鈞武平靜的臉又隱隱發青了。

元勳正喝著一口茶，聽到風情兩字頓時噴了。「男人要什麼風情?!」

伊淳峻不理會他，嚮往地說：「我知道的第一等男人，就一個。」

「誰啊，誰啊？」元勳和嚴敏瑜都急不可耐地問。

「李師叔的丈夫，蕭鳴宇。」他氣定神閒地說，悠然喝了一口茶。

突然聽見蕭鳴宇的名字，小源和蕭菊源都一凜，齊齊抬眼看著他。

「咳！不就是菊源的爹嗎？你繞這麼大圈子幹什麼?!」元勳對他翻白眼。「說說，為什麼是蕭叔叔？」

伊淳峻喝了口茶，賣關子說：「李師叔和竺師伯，你我師父從小在一起，師伯我還沒見過，可自己的師父我是知道的，算得上舉世無雙，連我都很傾慕。」

元勳苦笑。「這我們都知道啦，你繼續說重點嘛。」

「師伯和我師父都為李師叔搭上了一輩子吧？除了她，再沒喜歡上其他人。可是，李師叔卻沒選這兩個絕世天驕，偏偏選了蕭鳴宇這個沒功夫、沒學問的男人，為什麼？」

「因為蕭叔叔長得好看，他是川中第一美男。」嚴敏瑜胸有成竹地說，想了想，還補充說：「他還特別特別有錢。」

伊淳峻看著她笑。「我師父雖然不敢說長得比他好看，但絕對不比他差，若論錢財，師祖傳下的也相當可觀了吧。」

「說的也是，那到底是為什麼？」元勳糾結起來。

「情趣。」伊淳峻微笑。「容貌平凡的男人只要有了情趣，也能吃遍各色胭脂。希望……」他的眼飄到路過的年輕英俊的男人們身上。「這次我能看見幾個有情趣的男人。」

他們或騎著高頭大馬，領隊而行，或瀟灑俊逸的被一隊隨扈簇擁著悠然走過，都擺足了架勢。還有一些孤傲地獨自走過，手中握著各自的兵器，目中無人。

小源又想起娘對她說過的話，裴鈞武會對她很好，把她照顧得很周全，卻缺少了一些情趣。她默默地笑了，不得不說伊淳峻果然很懂男人。

甚至，他也很懂女人……至少他的看法和娘很接近。

「還是不要了。」拓跋元勳實在地搖著頭。「像你說的，長得好又有情趣的男人來幾個，裴師兄就危險了。」

「不會。」蕭菊源紅著臉說：「別的男人再好，我……我只嫁武哥。」

伊淳峻呵呵笑出聲。「裴師兄，看來你缺少情趣是個共識。」

裴鈞武冷冷地瞟了他一眼，抿緊嘴角。

徐緩的馬蹄聲在忙碌的人聲中還是那麼清晰，顯得十分悠然，這個馬隊的人只有五個，四個下人跟隨著他們的主子。

四個下人分成兩排，即使坐在馬上，距離、隊形一絲不亂，他們只看著前方的路，神態冷漠。

他們的主子穿了一身淡淡的紫，騎在神駿的白馬上顯得那麼雅致，微微笑著，柔和的俊顏裡卻透出讓人無法忽視的威嚴。

這主僕五人讓剛才路過的張狂人馬顯得非常粗魯低俗，暴發氣十足。

小源他們即使不知道他是誰，也看得出，這才是真正的名門之後，才是真正的大人物。剛才揚頭挺胸帶著大批人馬的小角色和他一比，就顯得非常做作可笑了。

嚴敏瑜剛想問裴鈞武那是誰，已經有人在叫他的名字了。

「南宮兄。」

慕容孝穿著灰色長衫，策馬快行幾步追上他，他和南宮展一樣，只帶了少少的幾個下人，渾身上下沒有一件看上去十分觸目的東西，卻也沒有一件粗陋廉價的。和他們一比，渾身鑲金嵌寶的也不過是江湖上新近出名的小家小戶。

南宮展微微回身向他一笑，有點挖苦的挑了下唇角。「慕容孝，沒想到你也來了。」

「我自然得來，如此大事，少不得要替裴兄分擔些煩惱。」慕容孝的坦誠讓茶寮裡的人都對他更多了幾分好感。

「也是，同為舊部，南宮家也是義不容辭的。」

嚴敏瑜小聲對小源說：「看來蕭家的人馬還真不少，連南宮家都是。」

小源點頭，她發現蕭菊源一反常態沒有表現出很驕傲的樣子，反而一臉漠然。難不成她不喜歡南宮家？

「展哥哥。」一個嬌美的少女也催馬上前，甜甜地向南宮展微笑招呼。

南宮展也笑著點頭。「沒想到惠惠也來了，是妳爹派妳來看著慕容孝嗎？」

慕容孝看見茶寮裡的裴鈞武一行人，驚喜地跳下馬。「裴大哥，真巧！在這兒就碰見了！」

南宮展也優雅地下了馬，款款走進茶寮，微笑抱拳道：「裴兄好雅興。」

裴鈞武微微向他頷首，態度不冷不熱。

慕容孝拉著妹妹向大家介紹，慕容惠看見伊淳峻後臉一下紅了，低頭不好意思。

嚴敏瑜搖頭嘆息，又一個迷戀伊淳峻外表的無知少女啊，過一會兒這可憐的姑娘就要遭受致命打擊了。

慕容孝看了看小源，她戴著人皮面具，這面具很精緻，慕容孝一時也不能確認到底是不是小源了，探究地看著她。小源回他一笑，點點頭，慕容孝便跟著笑起來。

慕容惠看了，抿嘴忍著笑，自己的哥哥她還是瞭解的，看來在他眼中，這個相貌平平的姑娘是特別的。

「菊源妹妹，我們也有幾年沒見了吧。」南宮展看了會兒蕭菊源，緩緩說道。

「嗯……是啊。」蕭菊源平淡地笑了笑，與平時急於賣弄嬌俏的態度很是不同。

「幾年不見，裴兄越發風神俊秀，還是當年夫人有眼光，在我們之中選中了裴兄。」南宮展語氣平穩，卻總有那麼點兒說不出的意味。

「不是當年蕭夫人眼光獨到，」伊淳峻笑咪咪地說。「是裴師兄在你們之中的確出類拔萃，連我都一見傾心。」

南宮展原本正留意瞧他，聽了他的最後一句頓時表情複雜，眼光也閃爍地飄開。

「伊淳峻！」裴鈞武眉間竄起一股黑氣，忍無可忍地喝住他。

慕容惠的肩膀輕微抖起來，嚴敏瑜同情地拍了拍她，大家都得有這麼個適應的過程。

南宮展已經鎮定下來，他微笑的時候優雅得讓人心都飄蕩起來了。「有意思，這趟可真沒白來。」

「給我一杯蓮心茶。」又一個年輕男人走進來，他容貌俊俏，眉日之間英氣凜凜，一襲黑衣穿得別有風采。

南宮展看著他笑。「杭易夙，你也來了。」

嚴敏瑜癡癡看著他，喃喃道：「我也沒白來……」

第二十二章 裴大莊主

縉雲山，雲蒸霞蔚，翠樹妍花，素有「小峨嵋」的雅稱，自然帶著三分聖潔七分秀美。

裴家莊就建在半山腰，站在山口向上望，挺秀山峰間的巍峨莊院顯得格外威嚴幽靜，江湖名門的派頭無聲地流露出來，十分震懾人心。通往山莊的寬闊甬路上人來人往，熙熙攘攘地連成一條蜿蜒的人龍，雖然極其繁盛，卻破壞了山色的寧靜悠然。

小源遠遠望著人潮的終點，心裡五味雜陳，昔日的蕭家莊何嘗不是如此顯赫一時？再次看見這樣的場面，心裡卻充滿悲哀，這浮華的背後全是醜惡，這些趨炎附勢的笑臉都遮掩著冷酷貪婪的內心。

裴鈞武站在她前面，脊背挺直，無端給人沈重的疲憊感，與蕭菊源的興奮和喜悅完全不同。小源竟然有些心疼他，眼前這一切都是他的負擔吧？都是他成為竺連城弟子、習得絕世武功的代價。

很奇怪，蕭菊源沒有黏在裴鈞武身邊，一直喜歡走在眾人前面的她，這次卻沈默地跟在大家後面。

她身邊走著的……是南宮展。

裴鈞武對南宮展的態度是不同的，小源察覺得出來，很疏離。是不是過去發生過什麼不愉快的事？慕容兄妹和南宮展看來非常熟悉，但南宮展走到蕭菊源身邊後，慕容兄妹很刻意地走到他們前面拉開距離，看來他們也是知情人。

蕭菊源顯然很顧忌裴鈞武，與南宮展交談不多，甚至表情也很怪異。越是這樣，越是顯得她和南宮展之間有點兒什麼。

小源覺得很好理解蕭菊源對男人的態度，她急於向天下每一個男人展現自己的魅力，希望獲得他們的青睞，淺薄的認為拜倒在她石榴裙下的人越多，她越配得上第一美女的稱號。這麼露骨的賣弄著，卻還能口口聲聲地對裴鈞武表達專情專注？或者正因為如此矛盾，才導致十年了，她還沒徹底俘獲裴鈞武的心。

每次面對這樣的「蕭菊源」，裴鈞武的心裡作何感想？似乎從見到他那天起，小源就沒覺得他真正開心過，他從沒像元勳那樣開懷的笑過，她一直認為是個性使然，現在看……他也可憐。

一隊慓悍的家丁逆著人潮下山，來客紛紛有禮的避讓，更顯得他們昂然高慢。

「少爺，小姐！」他們走近後快步趕前拱手作揖。

「嗯。」裴鈞武擦了下手示意免禮。

家丁從山腳的一處小院落裡抬出幾乘肩轎，跪在地上等女客們上轎。蕭菊源的轎子比其他人的更精緻更寬敞，她上轎時候表情傲慢得近乎囂張。客人們也只和她打招呼，奉承她的美貌，這一切都讓蕭菊源毫不掩飾地沾沾自喜。

轎子被魚貫抬入裴家莊的大門，訓練有素的家丁護衛肅然林立在大廳前的巨大青石庭院四周。小源暗自點頭，裴家自從由裴鈞武接手後，變化簡直翻天覆地，現在這些家丁較之西夏皇宮的侍衛也不算遜色。她聽爹提過，裴福充這個人是個大老粗，裴家莊傳到他這代已經十分沒落了，幸虧他有個出色的兒子。

轎子抬入後院，在花廳前一個年過半百的華服老人快步迎了出來。「少爺，你可回來了！小姐，一路可安好？」看樣子是裴家的總管。成排的丫鬟過來攙扶姑娘們下轎，小源皺眉，無論是霜傑館還是裴家莊，這奢華的做派並不像是裴鈞武的手筆。

「家裡都好嗎？」裴鈞武淡淡環視了一下送禮收禮的繁忙場面，臉上沒有半點喜色。

「客房都已經住滿，能騰得出的房間也都滿了，只好和縉雲寺和定雲庵借住好些房屋。」裴盛有些焦躁。「少爺……」

「不必擔心。」裴鈞武冷冷一笑。「來的人越多越好。」

「武兒！武兒！」一個大嗓門一路從廳裡喊過來，恣意狂妄，粗野豪放。「你可回來了！」人也從廳裡走了出來。

小源仔細看他，裴福充已經接近半百，他身上還帶著青愣少年的鹵莽衝動。誇張的動作、粗野的言行，很符合當初爹爹對他的評價，如果沒有裴鈞武，他是無論如何也創不出這麼氣勢磅礴的裴家莊的。他張手舞腳，對過往的下人時不時高聲呼喝指示，對來客時殷勤時傲慢地招呼，激動起來還隨意吐一口濃痰。他以為他是裴家莊的主人，他以為他在江湖聲名鵲起，他得意，他放肆。其實，誰都明白，真正的主子是誰，就他不知道。

裴福充和蕭菊源其實是一類人。

「小姐，一路辛苦了。」這麼驕奢浮誇的人，卻畢恭畢敬地向蕭菊源拱手問安。

「伯伯，何必如此客氣。」蕭菊源連忙扶住他，因為他是裴鈞武的父親，她對待他可比對桂大通尊重多了。

對於這樣輩分顛倒的場面，大家都見怪不怪了，只是每個人心中都替裴鈞武覺得尷尬。那個向他撒嬌乞憐的少女，卻被自己父親如此尊敬，駙馬的悲哀不過如此啊……

「這就是你的師弟師妹？」裴福充的注意力很快就轉向這幾個年輕人。他拍了拍元勳的肩膀，凝神張嘴的看了伊淳峻半天，挨個兒掐了掐少女們粉嫩的臉蛋。他粗糙的手很沒準頭，小源被他掐得有點疼，生怕面具都被他揭落下來。

「老子今天格外高興，晚上咱們好好喝幾杯！」他又咧嘴嘿嘿笑了幾聲，毫無長輩風範地瞟著慕容孝。「慕容孝？幾年沒見你真出息了，老子都有點兒認不出你了。訂親了嗎？你爹那個老東西多少年也不來看看我！」

慕容孝連忙說些客套話，裴鈞武看著，輕輕地吁出一口長氣。每次父親向蕭菊源見禮，他都壓抑無比。

小源看這裴福充和慕容孝拍肩搭背，真不敢想，如果當初竺師伯沒選中裴鈞武，沒有得他多年悉心教導，有個裴福充這樣的爹，裴鈞武……會變成怎樣的人？

「拓跋小崽子是誰啊？」他瞪著眼，直著嗓子問：「上回把我二弟灌得回了家還沒醒酒，今天老子要好好報報仇！」

「行！」元勳和他一見如故，胸脯拍得山響。「你可別不服老！」

「喲？不服！裴盛，備酒，現在我就和這幾個小兄弟較量較量！」

千頭萬緒的事務、越聚越多的客人、各種叵測的危險……這都和他裴福充沒關係，他就不是個操心勞力的人。

蕭菊源的狡詐加上天雀劍的佐證，騙他……易如反掌。他輕率粗心的相認又變相的幫了蕭菊源一把。

管家裴盛用眼看著裴鈞武，請示少爺的意思。裴鈞武抿著嘴點了下頭，低聲吩咐。「你去吧，一切弄妥後來書房見我。」

裴鈞武沒有來吃飯，小源看著菜還沒上齊就已經半醉的裴福充，真替裴鈞武感到疲憊。現在情勢如此嚴峻，能幫上他的……或許只有伊淳峻，幸好伊淳峻雖然陰晴難測，在處理事務上絕對是把好手，也很肯賣力，沒來吃飯而隨同裴鈞武一起去了書房商量對策。

席上很熱鬧，小源很留心南宮展，他吃了一會兒趁人不注意就離開了，沒多久蕭菊源也藉故離席。

小源也趁嚴敏瑜同慕容惠交談甚歡溜了出去，望著四通八達的甬路，她有些發愁，南宮展顯然很熟悉裴家莊的布局，她就算跑出來，也不知道他們會在哪裡私會。

「小……小源……」慕容孝有些羞澀地叫她的名字，小源回頭，看見慕容孝也從花廳內出來。「妳要去哪兒？」他沒話找話，上次雖然一起逛成都，單獨在一起說話還是第一次。

「有點兒悶，想四處走走。」小源微微笑起來，真是天助她也。「你呢？」

「我……我也是，一起吧。」慕容孝上前，與她並肩而行，心底歡喜不已。

「你和南宮公子以前常來裴家莊嗎？」小源狀似無心地套他的話。

「嗯。」慕容孝似乎不願意談起這個話題，支吾了一下。「小源，妳從小就在西夏長大？不太像呢，嚴姑娘還有些異族舉止。」

「是嗎？我和師姊都是從小在西夏。」小源有點兒失望他兜開話題。

他們挑的路一直是向山上走，快走到裴家莊的後門了，不願向後門的眾多守衛解釋身分，兩人隨便拐上一條岔路，恰巧有個亭子可以稍作休息。亭子建在凸出的岩壁上，幾乎是裴家莊的最高處，小源驚喜地看見低處花樹林中南宮展和蕭菊源正在面對面說話。離得有些遠，表情看不見，但從身形姿態，似乎蕭菊源激動地在質問南宮展什麼。

慕容孝也看見了，神色有些慌張地一拉小源。「我們換個地方吧。」不由分說地把她拉出亭子，故意選了條繞開花樹林的路回去。

「為什麼你不願意南宮公子和蕭菊源看見我們？」小源抓住機會盤問。

「妳看見啦……」慕容孝訕笑了幾聲。「這事告訴妳其實也不妨，但妳要答應我，別把今天看見南宮和蕭姑娘的事對裴大哥說。」

小源故意憂鬱了一下，佯作不解地說：「好吧，我答應，幹麼這麼神神秘秘的？就算南宮公子和蕭菊源私下見面說說話，裴師兄也未必會吃醋啊。」

「唉，妳不知道……」慕容孝皺眉。「早幾年，我們年紀還輕，每次裴大哥和蕭姑娘從竹海回來，我和南宮總會來裴家莊看他們。誰知道南宮對蕭姑娘竟起了非分之想，有一次裴大哥和我喝酒回來竟撞見南宮晚上去敲蕭姑娘的門。當然當然，蕭姑娘和南宮是清清白白的！」慕容孝極力強調。「雖然這樣，裴大哥和南宮之間還是有了芥蒂。」

雖然慕容孝說得含含糊糊，顯然隱藏了很多細節，小源還是對當時的事情猜出八、九分。南宮為人並不是魯莽粗糙的，沒得蕭菊源暗許，他能晚上去敲她的閨房門？而且……小源惡毒地想，裴鈞武撞見的這次，未必就是第一次。

「嗯，我知道了。」小源乖巧地點點頭。「我不會把今天的事對師兄說的，他已經夠煩了。」

「小源……」慕容孝目光炯炯地看著她。

小源的心重重一顫，她不該招惹慕容孝，他不該被謊言傷害。「我們回去吧。」小源冷了口氣，回去的腳步也變得有些匆忙。

慕容孝有點兒疑惑，不明白她為什麼突然就轉變了態度。「小源……」他追隨著她走了一會兒，終於忍不住叫住她。「妳怎麼了？」

「我……我突然想起還有點兒事。」小源隨口敷衍。

「啊，需要我幫忙嗎？」慕容孝熱心地問。

他越是這樣，小源越覺得自己對不住他。

「你們這是去哪兒了？」

伊淳峻似笑非笑的聲音響起，正好省了她挖空心思想藉口。她回頭，看見伊淳峻和裴鈞武站在兩條路交會的小小花圃前看著他們。

「散散步而已。」小源乘機溜了。「師姊還在吃飯嗎？我有事找她。」把他們全甩到看不見的地方，小源才鬆了口氣。當騙子她還真沒天分，不像蕭菊源，輕輕鬆鬆就騙了十年。

第二十三章　姻緣法術

裴家莊被來客淹沒，裴鈞武伊淳峻不必說，就連元勳都忙著去張羅各項事宜，整天見不到影子。

伊淳峻簡直頂了裴家半邊天，他在成都的買賣真不少，各行各業居然都有，沒有他的幫助，裴鈞武也未必能應付這麼大的場面。往來辦事的人漸漸都去找伊公子請示，裴鈞武反倒能騰出些時間招呼下比較有身分的來客。

蕭菊源端起少主的架勢，本就是衝著她來的公子們殷勤地探訪她，裴鈞武不怎麼陪在她身邊，她舒服地享受起美男圍繞的虛榮心。

嚴敏瑜和小源相對清閒，躲在一邊看來客中比較精彩的人物，聽慕容惠說他們的趣聞軼事。

這天接近晚飯，嚴敏瑜在花廳外的樹蔭下冷眼瞧著蕭菊源得意的樣子，感到很看不慣地對小源說：「我現在真是越來越討厭這個蕭家大小姐了，半點也不覺得她好看！小源，要不妳別戴著面具了，包管妳一露面，誰也不誇蕭菊源是美人了。我真恨不得有個人能掃了她的面子，她那副嘴臉真讓人厭惡！」

小源笑著聽，師姊怎麼還是不明白？其實不少來作客的少女容貌都不比蕭菊源差，可真正吸引那些公子的，還是蕭菊源擁有的「寶藏」。有了寶藏，蕭菊源就是他們眼中最美的姑娘了。

看著公子們偽善的討好嘴臉，小源覺得爹能遇見娘是多麼幸運的事。

慕容惠和杭易夙走過來，笑著和她們打招呼。

「你怎麼沒圍過去啊？」嚴敏瑜挖苦地看著杭易夙笑，他不也是衝著蕭菊源來的嗎？

杭易夙看了她一眼。「我為什麼要圍過去？我來這裡是父命難違。」

「說得好聽，估計是知道自己沒戲，知難而退了。」嚴敏瑜翻著眼說。

「哼。」杭易夙銳利的鳳眼瞪了她一下。「隨妳怎麼說了！」起身頭也不回地走進花廳裡去。

慕容惠笑著搖了搖頭。「嚴姊姊，妳幹麼氣走我表哥啊？」

「妳表哥？我沒氣他呀！」嚴敏瑜假裝無辜地瞪眼睛。

裴福充和一個道士邊說邊走，也往她們這邊來了，看他的表情對這道士很是敬重。

蕭菊源看見了那道士，也甩開那些男人快步走過來，盈盈向他施禮，叫他「田道長」。

「田道長？是田清言田天師嗎？」慕容惠一臉驚喜。

田道長一揖手。「無量天尊，正是貧道。」

「誰啊？」嚴敏瑜一頭霧水的問。

慕容惠壓低聲音告訴她倆。「這就是活神仙田天師，據說他算命可準了。」

「哦？」嚴敏瑜來了興致，擠過去嚷嚷道：「道長、道長，你給我算，給我算。」

裴福充一臉信服地說：「嚴侄女，讓他算讓他算，可準了！」

他和嚴敏瑜一嚷嚷，周圍幹活的丫鬟僕人都張望著慢慢靠近，好奇地圍攏過來看熱鬧。

小源站在一邊兒有些好笑，裴伯伯這種人最信這些把戲了，她可不信。

田天師一臉慈祥的微笑，問嚴敏瑜道：「姑娘想問什麼？」

嚴敏瑜很誠實地一橫眼。「問姻緣唄。」

見她直口問出來，大家也沒笑話，慕容惠也紅著臉說：「道長，我也問這個。」

田天師微笑點頭，細細看了看她們，又抬頭端詳了離他最遠的小源好一會兒。「這位姑娘……」他看著慕容惠。「一生無波無浪，水到渠成，可喜可賀。」

接著，他又看著嚴敏瑜，收了笑半晌不說話，嚴敏瑜被他看得發毛。

「這位姑娘嘛……恐怕就沒那麼順利了，犯桃花煞，有緣無分、有緣無分哪。」田天師搖頭感慨。

「什麼有緣無分?!」嚴敏瑜瞪眼，很不痛快。

田天師並沒再回答她，而是看著小源幽幽地笑著說：「姑娘，我知道妳不信我，可是貧道倒要多嘴恭喜一句了，妳將嫁貴婿。」

小源聽了失笑出聲，貴婿？天下能稱得上「貴」的能有幾人？皇家王族？胡扯！她挑了挑眉，起了戲弄的心思，有些頑皮地對田天師說：「道長，你說說蕭姑娘的姻緣如何？說準了，我就信你。」

蕭菊源一笑。「好啊，我也想聽。」

田天師高深莫測地苦笑了一下。「難說，難說。」

嚴敏瑜冷哼，因為這個老牛鼻子說她姻緣不順，讓她很是不痛快。「有什麼難說？那都是和尚腦袋上的跳蚤明擺著！十年前定下的相公，還難說？你準不準呀?!」

田天師見勢不好，對著周圍尖著耳朵聽的丫鬟僕婦說：「貧道明白，各位姑娘都是想問姻緣的。貧道有一個小把戲，信我者不妨一試。月圓之夜，把心儀男子的名字和自己的生辰八字都寫在黃紙上，埋於月桂樹下，有緣的自然成就，沒緣的也會碰見與這人相似相近的男子。」

「哦？」嚴敏瑜果然忘記再追問他，心裡光想著他說的這個法術了。

小源微笑，這不是求姻緣的小把戲，而是轉移注意的小把戲！江湖騙子的手段而已。

「小源，妳信嗎？」嚴敏瑜看著田天師匆忙離去的背影懷疑地問。

小源冷笑。「隔著面具看出我能嫁貴婿，還能信他嗎？」

「就是！」嚴敏瑜鬆了一口氣，該死的臭老道，什麼有緣無分，純屬胡扯！

「菊源，妳信嗎？」慕容惠明顯心動，含笑問。

「不知道，不過我想試一下。就當是遊戲吧。」蕭菊源微笑。「我們都來寫吧，明天不就是月圓之夜嗎？」

隔天早上的書房裡，元勳手裡拿了好幾張記事的紙皺著眉左右張望。「裴師兄，你覺不覺得今天丫鬟們都有點怪，匆匆忙忙、魂不守舍的，剛才我要茶，扯著脖子喊了半天都沒人來。」

裴鈞武一笑。「不用理會她們。」

「我倒是很好奇，」伊淳峻微微笑著。「師妹們都會寫誰的名字。」

「你們到底在說什麼?!」元勳愣頭青地傻問著。

慕容孝笑著說：「都怪田道長，他那套江湖把戲真把女孩們騙得不輕。」

元勳知道了原委，哈哈笑著摩拳擦掌。「太有意思了！你們也都想知道她們寫了誰吧？這事交給我了，過了月圓之夜，我都給她們挖出來。」

後廳裡，姑娘們都圍在桌子邊，興高采烈地說說笑笑。

嚴敏瑜在黃紙上大大的寫上「伊淳峻」三個字，也不怕被人看見，還把自己的名字和生辰八字寫得分外顯眼。

慕容惠和蕭菊源寫的時候都有點遮遮掩掩，還有些臉紅。

小源對這個活動並不是很感興趣，但見大家都這麼高興，也笑著左看看右看看。

「我們都攤出來看看彼此寫的是誰吧。」蕭菊源又露出她一貫裝可愛的笑容。「我特別想看看惠惠和小源寫的是誰。」

慕容惠不好意思地搖頭。「不要了，各自心裡知道不就好了嗎？」

「我也想看，我也想看！」嚴敏瑜缺根筋地嚷嚷。「妳們看我的。」她十分大方地亮出她那張毫無懸念的黃紙，字寫得歪歪斜斜，好歹都還寫對了，沒有錯別字。

「我寫的是武哥。」蕭菊源也十分坦然地把她的黃紙遞到桌子中間。

小源微微一顫，那黃紙上清楚地寫著蕭菊源的八字，丙辰年八月初六。也難怪她能成功騙過裴家上下和大師伯，竟然連生辰都記得絲毫不差。別看她平時驕奢傲慢，想必對周遭一切也是小心翼翼，謹慎地應付下來，才能沒露出大破綻。蕭菊源的字還不錯，秀美的「裴鈞武」三個字刺得小源眼睛疼。蕭菊源這麼大方地亮出心上人的名字，尤其讓她看，不就是向她示威嗎？

「小源，妳寫誰？」慕容惠問，她有些害羞的拿出她的黃紙，也寫的是伊淳峻，嚴敏瑜看了哈哈笑著拉她的手，引為同道。

「還沒寫啊？」蕭菊源別有用心地盯著她。「我們都給妳看了，妳也要寫出來讓我們看啊，不然就太狡猾，對我們太不公平啦。」

小源聽了冷笑，提筆就寫，就連自己的生辰都要寫假的，寫誰還不是一樣沒意義！

月圓之夜過後，大家埋下的黃紙被拓跋少爺都挖出來的消息傳遍整個裴家，丫鬟們又笑又氣地聚攏到少爺們主事的廳外，就連裴福充和桂大通都來湊熱鬧。

雖然各自都有那麼多活兒，裴鈞武也沒阻止大家的熱情，最近太累了，輕鬆一下也是好事。

「裴鈞武，裴鈞武，伊淳峻，哎，哎！南宮展，又有你一票！」元勳報功似的對坐在一邊悠閒喝茶的南宮展喊，揚了揚手裡縐巴巴的黃紙。

裴家的丫鬟幾乎都來全了，門裡門外水洩不通，都帶著幾分羞澀和興奮緊緊盯著慕容孝不停在上面畫「正」的大紙板。

「還沒有我的？」元勳惱傷肺地跺著地，紙板上他的名字下只有半個「正」，讓他十分沒面子。

「真是胡鬧。」裴鈞武翻著帳本微微苦笑。

「現在……我要看小姐們的黃紙啦！」元勳摩拳擦掌地咧著嘴壞笑。

慕容惠瞥了眼坐在裴鈞武身邊的伊淳峻，臉都紅透了。

丫鬟們也更歡騰，時不時發出一陣笑聲。

「先是師姊的。」元勳粗魯地幾下展開紙瞟了一眼。「沒意思，我就知道是他。伊淳峻又一票。」

慕容孝拿著筆翻著白眼，為伊淳峻畫第十二個「正」。

「蕭菊源，裴鈞武。」

「慕容惠，伊淳峻。」

元勳手裡拿著最後一個紙團，看了眼大紙板。「哈，真緊張啊，裴師兄和伊師兄各十二個正字六十票，小源，妳居然要一錘定音！誰贏了就要請全莊上下都吃頓好的啊！」他一說，丫鬟下人們都哈哈笑著大聲鼓掌，氣氛沸騰。

裴鈞武和伊淳峻都停下手中的工作，抬起頭。廳裡靜了下來，大家都在緊張期待最後的結果。

拓跋元勳睜大眼睛打開紙團，氣急敗壞地「啊」了一聲。

「慕容孝?!小源，妳居然寫他都不寫我！」

丫鬟們爆發一陣失望的噓聲，原本以為小源小姐一定會在少爺和伊少爺中寫一個呢，沒想到她居然寫了一個那麼冷門的名字，害得少爺和伊少爺沒分出勝負。

「小源……」慕容孝滿臉通紅，希冀地看著小源。

小源面無表情，也不回應慕容孝的視線，她真沒想到元勳會把紙條挖出來還當眾唸！當時蕭菊源眼睛都快飛出刀子來看著她，她當然不可能寫裴鈞武，又不甘心寫伊淳峻，寫元勳怕坐實他平時的胡說，只想隨便寫個名字敷衍一下，沒想到招惹更大的麻煩。

裴鈞武拿著帳本，皺著眉看，久久沒翻一頁。伊淳峻卻還是微笑著喝茶，握著杯子的手骨節泛白。

「這可怎麼辦呢？」元勳很失望。「居然沒分勝負，誰請客？」

伊淳峻一展他萬人迷的假笑。「雖然沒能贏了師兄，這客還是由我來請，最近大家辛苦了，我額外給每個人一兩銀子的紅包。」

丫鬟下人們歡聲雷動，感謝伊公子的聲音不絕於耳，小源在吵鬧聲中鬆了口氣。

伊淳峻說到做到，當晚就給全莊加菜、發紅包。花廳上設了宴席，大家歡鬧到深夜。

小源因為懊惱，整晚沒什麼興致，幸好慕容孝被元勳和裴家二老纏住，幾次想和她說什麼都沒機會說完，她吃了一會兒趕緊溜了。

十六的夜晚，月亮比前一夜還要圓還要亮。

小源緩緩走到埋過她紙條的月桂樹下，輕輕撫摸那纖細的樹幹，樹枝在地上映出凌亂婆娑的影子，正如她的心。

她的影子邊不知何時多了另一條修長的暗影，她不怕也沒回頭，能這麼無聲無息地靠近的，不外兩個人。

裴鈞武在她身後站了一會兒，終於忍無可忍地扳住她的雙肩，強迫她轉過身來面對他。

皎潔如水的月光下，裴鈞武俊美的臉平靜依舊，只是他的眼睛……卻好像要噴出火焰般明亮。

他看著她的眼睛，煩躁地一皺眉，把她壓在月桂樹上，俐落地一抬手揭掉了她的面具。

月光下她的絕美讓他久久忘記呼吸。

她該推開他嗎？她該從他的眼睛裡逃離嗎？不……她不想！她回看著他，千言萬語都湧進眼睛，化成的不過是一片朦朧水氣。

當她的眼睛裡閃過比月亮更耀眼的淚光時，他所有的理智和道義都消散了，只剩下想吻她的衝動和吻她的行動。

當他的唇熾熱地覆蓋她的唇，當他攪動她最原始的情慾……她變熱了。眼淚滑下面頰流入了她和他唇齒的縫隙，有些苦，如果不是她犯下了錯誤，他和她都不必陷入現在的掙扎痛苦。

那涼涼的苦味讓他微微一震，離開了她柔軟的唇。

她以為他又要像上一次一樣推開她，可他……卻更緊的摟住她，更深的把她看進眼睛，他冷靜的嗓音居然可以這樣的撩撥人心，他說：「為什麼是慕容孝？」

她被他吻得有些喘，在他懷裡半仰起頭，半瞇的眼眸裡全是讓他心碎的心酸。「你……希望我寫你嗎？」

他皺著眉凝視她。

「你希望我當著蕭菊源的面寫出你的名字嗎？」

她的眼光比她的淚水更讓他心疼。

菊源……他一僵。

感覺到他神情的改變，她撇開眼不再看他。她能對他說什麼呢？責備他還是責備自己？

小源虛軟地靠在細瘦的月桂樹上，手緊緊按著發疼的心口，他……真的走了！

她知道他的難受比她更甚，她連怪他都不能。

「出來！」她說。

果然，一襲淡藍色的瀟灑身影悠哉地從樹叢後走了出來。其實，她並沒看見他，也沒發現他，只是……她感覺他會在附近，他會盯著裴鈞武的每一個行動。

她只是試一試。

伊淳峻沒說話，雖然在微笑，卻沒有平時那種柔和感，雖然在小源看來，平時他的柔和也很假。

「怎麼知道我在？」他問。

她搖了搖頭，答不上來。

「妳學得可真快。」他有些淡淡的譏嘲。「怎麼撩撥裴鈞武的醋意，妳真是舉一反三、觸類旁通。居然會想到寫慕容孝的名字，很快，我都沒什麼可以教妳的了。」

她皺了下眉，現在的她沒心思也沒力氣和他爭辯，他愛怎麼說隨他。

猛地，她被他蠻橫地摟進懷裡，還沒等她回過神，他已經在吻她了。

他的吻……是種佔有，是種掠奪！

她被他吻得渾身發抖、心慌意亂，腦子裡一片空白，心狂亂地跳成一片，好像要震破她的胸膛。直到唇舌感到疼痛，她才驚慌地抗拒他，徒勞地捶打他的後背。

他放開她的時候，她只能渾身無力地靠他支撐著大口喘氣，她茫然地瞪著他，真的，只剩茫然。

他的眼睛已經褪去所有情緒，只剩清澈冷淡的寒光。他笑了，笑得狂傲放肆。

「剛才妳吻得不好！像我這樣吻他，保證他當場就爆炸了，絕不會離妳而去。」

第二十四章 車輪比擂

伊淳峻負手站在書房的窗前，隨意地看著遠處的景物，唇邊帶著一絲莫測高深的微笑。

「我們不如打開天窗說亮話。」他悠閒地說。

裴鈞武沈著臉坐在書案後面，「啪」地合上書簡，沒有回答。

元勳一看這架勢，趕緊把嘴巴閉緊，生怕自己又說了什麼不該說的話。看看裴師兄又看看伊師兄，總覺得這兩天他們之間氣氛很詭異。

「武林內外該來的都來了，不該來的也來了。」伊淳峻譏諷地嗤笑一聲。「這些人聚到一起，不管是什麼目的，比武過招是不可避免的，就算咱們不安排，他們也會自行開始。所以就得先下手為強，才能撈到最大好處。」

元勳忍不住咋舌。「撈好處？不被扒皮啃骨都不錯了。」書房裡只有他們三個，他直白說：「就算南宮和慕容，說起來和裴家很有淵源，我也總覺得他們心裡另有打算。」

伊淳峻失笑。「連你都看出他們別有用心，這二位公子真失敗。」

「你有什麼主意？」裴鈞武看了他們一眼，直截了當地問了主題，顯然是不想讓他倆把話題又扯遠了。

「鈞武……」伊淳峻又情意綿綿地叫他了，裴鈞武一皺眉。「你現在名震江湖，但是說到穩坐第一恐怕還缺了些分量吧？」伊淳峻看著他笑。

裴鈞武眼睛一瞇，冷冷地看他。

伊淳峻也回看他，輕鬆自在。「別誤會，我不是說你功夫不好，而是機會不好。現在機會來了。」

裴鈞武沒吭聲，顯然在思考他說的話。

「什麼機會？」元勳還是摸不著頭腦地問。

「讓所有人心服口服的機會。」伊淳峻莞爾一笑。「都說裴公子的功夫獨步江湖，可到底高到什麼程度，這回應當讓他們都看看。美女和寶藏是人人都能覬覦的嗎？只有鈞武才有能力擁有這一切，他們服輸死心，往後的日子才能稍微太平。」

「這倒是。」元勳贊同地點頭。「可怎麼讓他們服輸死心？難道讓師兄和他們挨個兒打過來嗎？」

「挨個兒和他們打那不是自降身分嗎？讓他們先車輪比擂，最後勝出的人才和鈞武比試。依我看，這群人中，稍微算得上對手的不過那麼幾個人，南宮、慕容，還有那個姓杭的小子，先讓他們解決掉平庸之輩，我再解決掉他們，最後剩一個給師兄。」

「你盤算得不錯，可他們肯按你說的辦？」裴鈞武似笑非笑。

「咱們不放下大賭注，他們怎麼肯出手呢？他們也不是傻子。」伊淳峻看著裴鈞武笑，眼神有些挑釁。「我們可以承諾，如果能贏得最後勝利，菊源和寶藏就是他的了。師兄，你有信心嗎？如果不幸你輸了，那就是天意吧，只能說你還沒能力擁有那麼多。」

裴鈞武一笑。「說得好，就這麼辦。」

伊淳峻聽了嘿嘿一笑。「這場比試過後，師兄你聲名、美女、財富通通在手，真是羨煞旁人了。」

裴鈞武收了剛才的微笑，眼神有些落寞，別人還可以選擇參不參加，他卻連放棄都不可以……羨煞旁人？有誰問過他，那些令人羨慕的東西他是不是想要？

比武大會在伊淳峻的安排下有條不紊地開始了，江湖人物踴躍異常，就算不能留到最後，在武林各派前一展實力也是好的。

五個巨型擂臺搭在縉雲山頂，來的英雄已經不休不歇的打了三天了。

今天，將留下最後三位人選，幾乎所有人都到場觀看，人山人海，連樹上都擠滿了人。

小源坐在特別預留的席位上，滿耳朵都是裴福充和桂大通的直聲嚷嚷，嚴敏瑜也是一路陪他們看下來的，也湊在一起議論個不停，儼然已經對中原武林瞭若指掌的樣子。

蕭菊源加緊練舞很少來看，今天也特別打扮了一番坐在正座裴鈞武的身邊，她的美吸引了無數道各懷心思的眼光，她垂著眼，嘴角的弧度卻洩漏了她的驕傲。

伊淳峻和元勳分別坐在裴鈞武左右下首，他們那一席是全場注意的焦點。

剩下的只有二十四個人了。

小源仔細看了看，南宮、慕容、杭、秦四大世家的子弟都在。因為這次比武的涵義特殊，所以武當少林這樣的門派反而沒有參加比試。剩下的十幾位也都各有來頭，都是能在泱泱眾人中脫穎而出的豪傑新秀。

南宮展動作優雅，把南宮劍法用得瀟灑孤絕，引得陣陣叫好。慕容孝雖然年輕，但下手狠辣老道，招招制敵。

小源聽見嚴敏瑜突然低低地啊了一聲，循著她的視線看去，杭易夙正緩緩走上擂臺。師姊是個絲毫藏不住心事的人，她對杭易夙的特別，長個眼睛都能看出來。

「師姊——」小源忍不住逗她。「妳到底希望杭公子勝出還是被打敗呀？」

嚴敏瑜瞪了她一眼，驕傲地說：「我希望他一路勝利，風頭出盡，最後輸給有山有水或者裴師兄。」

「哦？」伊淳峻聽了她的話，抿嘴一笑。「那我告訴他，輸給我就得答應一個要求，娶了我們嚴師妹。」

嚴敏瑜拍手哈哈笑。「就這麼定了！」

小源聽了也笑出聲，師姊真是太可愛了。

杭易夙的劍法狂傲無情，往往三兩招就把對手刺傷甩下擂臺。小源暗暗心驚，真沒看出來，平常不言不語的他竟然會有這麼好的身手。以她看來，甚至都在南宮、慕容之上。每次他把對手打下擂臺，精光四溢的鳳目都會微微一瞇，好看的劍眉挑起來，那冷酷瀟灑的模樣著實迷人。

杭易夙說自己前來是父命難違，的確不怎麼去接近討好蕭菊源，這點讓小源對他也很有好感，至少不是趨炎附勢之輩，師姊若喜歡他，她也是贊成的。

伊淳峻看著看著，表情凝重起來，甚至輕輕地咦了一聲。他向來是嬉皮笑臉的，小源看他眉頭緊皺地盯著杭易夙看，心裡突然就有了不好的預感，難不成他發現了什麼不對的地方嗎？而且問題似乎很嚴重。

接近中午，比賽結果已經毫無懸念，南宮、慕容和杭家三位少爺的實力實在高出其他人太多。秦家少爺雖然威風凜凜、氣派非凡，卻被杭家少爺兩招砍傷胳膊敗下陣去。

伊淳峻遠遠看著秦少爺冷笑。「無怪秦家要衰落下來，子孫越來越不濟。」

裴鈞武輕輕嘆氣，把眼神盯在了杭易夙身上，這個少年比他想像中要強悍得多，真有點出乎預料。可他的招式透著陰狠古怪，總給人一種說不出來的詭異感覺。

就在裴福充要上臺宣佈哪三個人獲勝時，凌空一聲「阿彌陀佛」震盪在山谷峰巒之間悠然傳來，清晰地蓋過鼎沸的人聲，可見內力登峰造極。

裴鈞武冷冷一哼。「居然連他也來了嗎？」

「誰啊？」一元動拉長脖子四下張望。

「圓淨大師，少林戒律院首座。」伊淳峻一笑。「難道他也有心來搶蕭家寶藏或者美人？他要還俗好像遲了點。」

說得裴鈞武也忍不住淺淺一笑，無奈地看了他一眼。

圓淨大師和一個粗獷漢子從山路走過來，觀戰眾人紛紛為他們讓開一條道路，還恭敬地向他們問好，可見江湖地位非凡。

那粗獷漢子好像也廣受敬重，眾人都向他殷勤拱手問候。他也受之無愧地拱手還禮，神情倨傲得意洋洋。

「和圓淨一起來的是誰？」伊淳峻微微皺起眉頭。「一臉欠揍樣子。」

「就是，就是，尤其想打他的臉。」元勳深有同感。

「那個好像是汪廣海，一個什麼鏢局的當家人。」裴鈞武不怎麼肯定地說，這人在江湖上籍籍無名，他只是略有印象。

說話間圓淨已經引著汪廣海走到近前，裴福充和桂大通也走過來，雖然他們老哥倆兒坐在上首，裴鈞武伊淳峻這桌才是眾望所歸的正席。

「兩位老英雄好，裴少俠好。」圓淨不認識伊淳峻和拓跋元勳，只是微微揖了下手。

「我們這次來，也是朝廷的指示，希望裴公子能鼎力相助。」汪廣海翻著眼，挺胸疊肚的也不寒暄也不問候，還重重點出奉朝廷之命，狂妄得連圓淨大師都有點兒掛不住面子。

汪廣海的這句話讓裴家莊所有人都冷下臉，裴福充和桂大通已經瞪起眼來了。

裴鈞武看著他，明知故問道：「這位是……」表情冷淡得簡直就是不屑。

汪廣海撇一下大嘴十分不悅，裴鈞武竟然不知道他是誰？

圓淨大師趕緊圓場。「這位是朝廷新封的廣勝將軍汪廣海，前一陣子遼人大軍壓境，就是這位汪大英雄，一箭射死了遼軍的一位統帥，大挫遼人氣勢。」

圓淨越說越大聲，最後都成了演講，還轉過身去面對所有江湖豪傑。他慷慨說完，人群中發出陣陣歡呼，汪廣海得意地抿著嘴，嘴角下拉，配著大肉臉，十分像條鯰魚。

近處的幾個人都冷著臉，高低不同地發出一聲冷哼。元勳哼得尤其響，讓汪廣海都回頭瞪他，他也回瞪汪廣海，一副不服就動手的表情。

「我們此番前來，」圓淨又搶話了，他故意大聲說，內力充足的嗓音迴盪在整個山頂，在場的人都把他的話聽得清清楚楚。「是知道江湖豪傑盡聚於此，有幾位還可說是天縱英才！比如裴公子，南宮、慕容兩位，杭家少爺最近風頭正勁。」他的眼睛在人群裡搜尋著他點名的人物，南宮展回他極雅的一笑，垂下眼瞼下巴微微一點算作還禮。慕容孝和氣含笑，杭易夙還是眼睛看著別處毫無反應。

汪廣海本以為圓淨大師接下來要說到自己，已經傲然四望，頻頻點頭示意。沒想到圓淨大師接下去說：「現在遼人二十萬大軍逼近黃河，情勢危急！我宋朝的大好兒郎正到了報效國家禦敵勤王的時候。只要各位英雄拔刀相助，皇上、寇丞相，整個朝廷都不會虧待各位，高官厚祿唾手可得。」

汪廣海雖然有點不是滋味，還是忍住了，也放開嗓子高聲說：「各位英雄，汪某就是榜樣！我射死了一個統帥，朝廷封我為將軍，仗還在打，只要汪某再立戰功，就可以位列朝班，祖上顏面也有光啊！朝廷、皇上和寇丞相是不會嫌棄大家是江湖草莽的！」

人群中議論紛紛，圓淨大師回過身來小聲對裴鈞武說：「裴公子，現在群雄都被老衲說動，就差公子登高一呼。希望公子以國家大局為重，多為朝廷出力建功。」

還沒等裴鈞武說話，裴福充已經吐了口唾沫，一臉不屑地大聲嚷嚷開了。「為朝廷？我們憑什麼為朝廷出力？朝廷平時給我們什麼了？只知道要我們交稅！」

聽了他的話，人群中議論紛紛，有人覺得他見識短淺，有人覺得他說得在理。

「抗遼？抗遼個屁！我們本就是後蜀人士，跟現在的皇帝有什麼關係？還幫他抗遼？誰愛抗遼誰去，我們裴家、蕭家沒人去！」他挑釁地看著汪廣海。「誰樂意當人家的狗誰去，我們可犯不著放著大爺不當，每天對著一個小孩崽子三叩九拜還覺得挺有臉！」

人群裡發出陣陣笑聲，汪廣海臉色紫脹，一肚子火發不出來。

「將軍？你手裡有兵才算是真格的，給你座房、給幾個人家玩剩的小老婆就算榮華富貴了？老子過得比將軍自在多了！」

又是一陣哄笑。

伊淳峻也呵呵的笑。「裴大叔，說得真痛快。」他看著人群，一提內力，發出的聲音比圓淨大師還響亮還穩健，讓在場的所有人臉色一凜。雖然都知道他是藍延風的弟子，只是沒想到一個如此漂亮文弱的男人會強到這種地步，他要是跟圓淨動起手來，光憑內力圓淨怕是連他三招都接不住。

「各位英雄，既然圓淨大師和這位『將軍』特意來一趟，不管怎麼說，愛國之心也是值得敬佩的。」他的話裡有股說不出的譏諷，圓淨都愣了一下。「有願意為朝廷效力的趕緊跟著去，裴大叔說的榮華富貴正等著你們。不願意去的，就留下，後天就是裴大叔的壽誕之日，我師妹要為大家跳一曲菊仙舞，我和師兄要與南宮、慕容、杭三位公子一試身手，有酒有菜，咱們好好樂上一天！」

所有人都歡呼起來，圓淨大師也不好硬是張羅帶人走，只能悻悻告辭，也沒人主動跟上。

汪廣海一臉憤恨，臨下山還回頭瞪了眼裴福充和伊淳峻。

第二十五章　落地失準

小源收了真氣，結束了晨功，天還青濛濛的，今天伊淳峻來叫她起得格外早，太陽都還沒出來。

他運功的時間要比她長一些，不知道什麼事讓他的心情很好，閉著眼嘴角也是微微上翹的。小源看著有些奇怪，也不打算問。

伊淳峻盤膝端坐在崖邊一塊山石之上，山風徐緩地吹動他的黑髮和衣袂，好像馬上就要飄然而去的天君神秀。自從那個奇怪的吻以後，她看見他總有一絲尷尬，要不是此刻他正閉著眼，她根本不會看著他。他卻好像沒發生過任何事一樣坦然自若，就是厚臉皮！她真是對他氣不得恨不得！

小源正瞪他，他收了內力第一件事就是嘿嘿笑出來，有些頑皮的笑容在他臉上漾開的時候，她再也沒辦法生他的氣。雖然他陰沈難測，可這麼笑的時候還挺可愛。

「伊師兄！伊師兄──」元勳慌慌張張地跑上山來，他還沒來得及梳洗，頭髮有些凌亂。

伊淳峻好整以暇地睜開眼，帶著微笑看著他一路跑過來。「怎麼了？」

小源瞇起眼，心裡犯疑，看他笑得像隻狐狸，搞不好他早知道發生什麼事了。他總是什麼都知道。

「大事情，大事情！」元勳喘著粗氣。「那個圓淨大師又來了，非要見你和裴大哥。看他那樣子，就好像頭次開葷便吃到屎！」

「哦？」伊淳峻笑起來。「那快點去看！我最喜歡看所謂大英雄大豪傑吃屎的表情。」他跳下石頭，還不忘拉上小源的手。

小源被他溫暖的手握住，一路飛掠疾奔，涼快的風把頭髮都吹拂起來，心情竟變得很好。

她的心情變好了，廳裡的氣氛卻很沈重。圓淨大師沒有歸座，就皺著眉站在廳中央一副痛心疾首的樣子。

看見伊淳峻回來，他焦急地捶了下手。「人可到齊了。裴公子，這事恐怕只有你和伊公子能解決了。」

該在的都在，連師姊都起來了，雖然面帶睏倦還是眨巴著大眼睛仔細看圓淨大師。小源搖了搖頭笑了，真是佩服她，平時雖懶散，只要一有熱鬧她肯定第一個跑來，真不知道她是怎麼做到的。

小源的手被一扯，人也身不由己地向前走，手還被伊淳峻拉著。當著這麼多人，她想收回來，卻被伊淳峻別有用意地使勁握了一下。她無奈地皺了下眉，當初答應與他合作也許真是個錯誤，目的還沒達成，先讓他明裡暗裡把便宜占了個夠。

總有一天，她會向他都討回來的！

伊淳峻瞥了眼圓淨惱恨的神色，嘴角冷漠地一挑，沒看見他一般拉著小源的手大模大樣地坐到椅子裡，現在圓淨有求於他，他當然沒必要再對他有禮相待了。

「裴公子，昨晚不知是誰竟然殺了汪廣海。」元勳冷笑。「他那個德行，被殺是遲早的事。」

圓淨大師不理他。「殺了他還把他的屍體掛在成都城頭，極盡羞辱啊！」說著還搖頭皺眉，彷彿又看見了那慘不忍睹的場面。

「放下來不就得了。」桂大通不耐煩地說。

「這……」圓淨有些尷尬地帶了眼在場的姑娘們，有所保留地說：「凶手用的是特製的牛筋，而且屍體周圍，城上城下遍撒毒藥，無人敢靠近啊。那繩子堅韌異常，飛刀利箭全都奈何不了它。」

「大師，」裴鈞武微微一笑。「朝廷人才濟濟，此等小事何須我們這樣的江湖草莽插手。在下家中將有喜事，實在走脫不開，恐怕幫不上大師這個忙了。」

「裴公子！」圓淨焦躁起來。「這可不是小事。凶手的暴行令人髮指，他脫光汪廣海的衣物，還……還……」實在說不出口，「有傷風化是小，有損朝廷顏面是大！汪廣海為人雖然驕狂無知，他畢竟是朝廷新封的將軍，也是咱們漢人的英雄。此時此刻，兩軍正在交戰，英雄的屍體遭此褻瀆，不僅會打擊我軍士氣，還會讓外族恥笑啊！」

裴鈞武挑了下眉，沒有立刻回答。

「裴公子！」圓淨急了，倒身要拜，裴鈞武伸手緩緩一翻，強勁內力托住圓淨的身體，阻止他跪下。

「我和師弟雖然力量微薄，但大師話已至此，我們姑且一試。」

嚴敏瑜拍手。「太好了，快去看看那麼威風的大英雄成什麼樣了！」

圓淨嘆了口氣，心裡淒然。做人真是不能太囂張，汪廣海只怕作夢也沒想到自己死後竟成為少女拍手而笑的消遣。「姑娘們還是不要去了……」圓淨悻悻地說。

「幹麼不去！非去！不就是沒穿衣服嗎？有什麼稀奇?!」嚴敏瑜撇嘴，能對裴師兄都那麼無禮的人，不去看看他的笑話，真是浪費凶手這麼煞費苦心的安排了。

離成都城還遠遠的，姑娘們已經非常羞臊地垂下頭不敢再看，嚴敏瑜還誇張地用袖子擋著臉作出厭惡的表情。「怪不得大師不讓我們來了，身材真差，全是肥肉。」

元勳也是一臉厭惡又幸災樂禍的笑，完全沒有尊重死者的意思。「咿——他最差的真不是那些肉，真的很小啊……」

聽了他的話裴鈞武和伊淳峻都隱忍地一笑，姑娘們全紅了臉啐了他一口。

汪廣海被吊在城頭，全身被扒得精光，最無恥的是一幅巨大的布幡吊在……他的下體上，那幡子大得幾乎快要垂到城牆根，上面寫著——「大英雄小男人」。

「大英雄」和「男人」這五個字都很小，偏偏這個「小」字非常巨大。

裴鈞武皺眉，怪不得圓淨大師要說「極盡羞辱」。雖然他也討厭汪廣海的狂妄，但這凶手也實在太過陰損，可見對汪廣海是恨之入骨了。

成都守備米綏安一臉憂愁地快步迎出城來，連馬都沒有騎，他有點失望地看了看圓淨身後跟著的幾個年輕小夥子，真沒把握他們能幫上什麼忙。

「大師——」他上前斂衽便拜，圓淨連忙扶住，他焦躁地跺了下腳。「大師救我！皇上已經知悉此事，大為震怒，下旨限期三日解決，不然我滿門老小性命不保啊！」

圓淨點了點頭。「這幾位公子都是人中龍鳳，身手不凡，一定能為大人排憂解難。」他向身後一伸手。

「唉……唉。」米綏安連連頓足，卻不接圓淨的話頭。

伊淳峻一笑。「看來大人是對我們沒信心。請問大人，汪廣海被吊在這兒，最丟人的是什麼？」

米綏安一皺眉。「當然是光著身子還……還吊著那個幡子。」

伊淳峻抿著嘴笑。「到底是光著身子更丟人，還是吊著幡子更丟人？」

米綏安瞪了他一眼，覺得他很囉嗦，淨說些沒用的話。「當然是那個幡子！」他有些不耐煩地吼了一聲。

伊淳峻冷笑。「那就好辦了。」他抬眼看了看距離，離城牆約有十丈。毒藥撒在方圓五丈之內，撒過毒的地方草木都已經枯萎。

他原本可以再靠近一些，卻原地一踏飛身而起，風吹動衣襬獵獵作響，飄拂如飛仙般優美。他在樹梢微一借力又躍高二丈開外，凌空揮出一掌，遠在十丈外的布幡轟然下墜，如貼著城牆的一排波浪堆落牆角。

「你！」圓淨和米綏安都驚懼地瞠目看他，又惱又怕，顫抖地指著他說不出一句話。

「伊淳峻……」裴鈞武也微微一驚。

汪廣海的「那個」竟然被他一掌劈斷，布幡自然也墜落下來。姑娘們全紅著臉看自己的腳，元動一臉土色的下意識護住自己的襠。

「大師、大人，好了，問題已經解決。我和師兄可以回去了。」伊淳峻收了笑，冷著臉瞥了米綏安一眼。

「公子！」米綏安上前撲通跪倒。「是我有眼無珠簡慢了高人！公子，請您務必救我全家。」這個妖美少年雖然出手陰損狠辣，但這一手舉世無人能及。

伊淳峻看著他冷冷一笑，並沒有扶他起來的意思。「這事我作不了主，我聽我師兄的。」

圓淨也收了驚駭之色，連忙向裴鈞武躬身揖手，米綏安看出他就是「師兄」，趕緊以膝為軸轉了個方向，一臉哀懇地看著裴鈞武。

裴鈞武瞪了伊淳峻一眼，伊淳峻抿嘴看著他笑。

「既然來了，就沒有袖手旁觀的道理。大人請起。」嘴上說得客氣，也沒伸手去扶。米大人只好訕訕自己起身，拍了拍褲子上的土。

「伊公子，剛才你那招……」真夠陰毒！圓淨頓了頓，把這個詞嚥下，說：「實在凌厲啊，請問叫什麼名字？」

「霜刃。」伊淳峻挑了下嘴角，明顯有點兒不耐煩。

圓淨見他神色，也知趣地不再說話了。

裴鈞武打量著城牆高度及牛筋繩的粗細，微微皺眉。「我的內力偏於綿韌，要擊斷這麼粗的牛筋還是剛猛些的內力更有效。」他看了眼伊淳峻，霜刃是要配合凌厲的內勁才能發揮極致，他用的威力的確比不上伊淳峻。

伊淳峻點點頭。「可是要擊斷那牛筋我需要靠得近些，城牆不能借力，真躍到有力範圍，我的內力又怕不夠猛烈到一次擊斷。」

裴鈞武點了點頭。「我替你借力。」

「要跳得那麼高，會不會有危險啊？」蕭菊源有些擔心。「落地的時候還不能落入毒藥範圍。」

「就是就是，有山有水，咱別冒險了。」嚴敏瑜也連聲反對。

伊淳峻抬眼看了看小源。「妳說呢？」他微微一笑，眼睛半瞇了一下，期許地看著她。

小源也看了下距離和城高，回眼看他。「難不倒你，小心些便是了。」

伊淳峻絕美一笑。「我的好小源，還是妳對哥哥有信心。」

小源剜了他一眼，都後悔理他了。

裴鈞武面沈如水。「快些，我們日落之前還要趕回莊裡去。」

當裴鈞武和伊淳峻同時飛掠而起，所有人都發出一聲讚嘆，真是太美了。秦初一對美簡直偏執，他創的武功沒有一樣不悅目的。

一口真氣將盡之時，裴鈞武雙手一托，伊淳峻借力又飛躍幾丈，俐落地用霜刃斬斷牛筋，雙手再發力一擊城牆輕靈地借力翻身，離開毒藥範圍。

一片叫好之聲，遠處觀看的士兵也發出震耳欲聾的歡呼。

伊淳峻的下落速度極快，內力已盡，無法控制速度，只能自然跌落。

「小源！小心！」大家都驚呼起來，伊淳峻跌落的方向正是小源站著的地方。

小源抬頭，一瞬間伊淳峻略略發白的面容被她無比清晰的看入眼底。她不能躲開，不忍他就這樣摔落在地，她聚集全部內力向上一托！

「小源！伊淳峻！」

「砰」的一聲兩人摔作一堆，巨大的下墜力量被小源的內力一推雖然減弱，兩人還是一起向旁邊滾落開去。

小源覺得胸口有些發悶，手臂並沒傳來料想中的疼痛，天旋地轉中身體像是被一股強力裹挾著，並沒感到劇烈的撞擊和痛楚。

她有點意外的睜開眼，原來……是他抱她在懷中，每一次著地他都用他的軀體墊住她，沒讓她受半點傷害。他悶哼一聲，終於後背撞在一棵樹上阻住兩人的力道。

「伊淳峻！」她忍不住驚呼。

他微微皺眉，卻回她溫暖一笑。

她第一次覺得他的笑很溫暖，原本是想幫他，卻害他為了保護她受了更重的傷。

「你……你沒事吧？」她擔心地問。

他淡笑著抬起手，輕輕地撫摸她皺起的眉頭。「怎麼會沒事，妳在石頭地上滾滾看。妳要是躲開就好了，我不過就是撞一下地，不會這麼疼。」他不客氣地抱怨。

小源無話可說，只能不知所措地看著他。

「胳膊和後背太疼了，幫我看看。」伊淳峻皺眉，嘶嘶抽氣。

「出血了嗎？」小源把他摟在懷裡仔細看他後背，還好，並沒有血跡透出來。

他無力地攬住她的纖腰，眼睛裡閃過狡黠的笑意，聲音卻那麼虛弱。「要是我明天打擂輸了都怪妳！哎呀，後背……」

裴鈞武領著大家飛速趕來時看見的是小源緊緊抱住伊淳峻，兩人姿勢曖昧地半躺在樹下。伊淳峻看小源的眼神讓他很不舒服，小源看伊淳峻的眼神簡直像把錘子狠狠地擊在他心上。

第二十六章　壽誕慶典

爆竹聲連綿響了近半個時辰，滿地的爆竹紅衣和硝石味道更增加了喜慶的氣氛。從裴家莊到山腳，沿路都插滿各色彩旗，迎風飄展著讓人眼花撩亂。一隊隊下人僕役連成人龍，從山下運送著酒罈菜蔬。

客人們早早就聚集在一起，笑聲、議論聲、寒暄奉承聲混合成一片熱鬧的嘈雜。穿著新鮮顏色衣服的丫鬟們穿梭在客人中殷勤端茶送水，忙得滿頭大汗。

小源坐在房中，即使距離前面那麼遠，鼎沸的各種聲音還是不絕於耳。伊淳峻昨晚囑咐過她，不要去得太早，到了適當的時機他會派人來請。

小源很贊同他這個做法，無聊的人實在太多，對裴鈞武的幾個師妹近乎病態的好奇，想和她們說幾句話，不勝其煩。小源戴了面具，容貌普通，就這樣也不能阻擋他們的好奇，畢竟秦初一的門人都是江湖上人人想探究的謎題。

門被輕輕敲響，小源以為是下人來請，問也沒問就開了門，頓時嚇了一跳。

穿著黑袍、戴著面具的滅凌宮主好整以暇地站在門外，小源的心都快從嗓子跳出來了，一把把他拖進屋，探頭看看院子。幸好人手緊張，丫鬟下人們全去支援了前院，沒人看見這個膽大包天的滅凌宮主。

「你瘋了嗎？」小源掩上門，氣不打一處來，這是裴家莊！裴鈞武伊淳峻下了狠力氣四處找他，他竟敢青天白日大搖大擺來找她?!

滅凌宮主輕笑，很曖昧地欺身過來，把她逼得靠在門上。「怎麼？怕我被妳兩個了不起的師兄發現？真動起手來我未必會輸。」

小源用力推了他一把，乘機從他的控制範圍逃開，戒備地跑到屋子中間。「你輸不輸不關我事！你幹麼來找我？」被人看見這不是拉她下水嗎？

滅凌宮主搖頭嘆息。「真無情，虧我還冒險前來想對我的未婚妻說件關於她的小秘密。」

「什麼秘密？」小源瞪他，冒險前來自然很重要，這種情況他還賣什麼關子！

「沒好處嗎？」滅凌宮主冷笑。

「那我不聽了！」小源也發脾氣了，現在是打情罵俏的時候嗎？伊淳峻派來的人隨時會來敲門。「你快走！」

「只要妳答應我一個條件，我就告訴妳。這個秘密對妳來說，相當有趣，是關於蕭菊源與南宮展的，而且他們最近的目標是妳。」

小源的臉色變了變。「什麼條件？」她有些無可奈何，雖然滅凌宮主可惡，但他說對了，這個秘密對她很有吸引力。

「我還沒想好，先欠著吧。只要妳答應一定做到就行。」滅凌宮主慢悠悠地說。

小源垂下眼，滅凌宮主這樣的人會相信別人的承諾？他這分明是找個藉口想告訴她吧？

「好！我答應。」小源暗自撇了撇嘴，其實滅凌宮主這個人雖然彆扭，但對她卻真的不壞。他冒險前來，就是為了警告她小心南宮展和蕭菊源吧？

「嗯。」滅凌宮主也沒再胡扯。「前幾天南宮展私下探尋妳的身世，引起我門人的注意。我們畢竟有了婚約，我自然是不高興他這樣做的。」

小源又想打他了。

「於是我稍稍動了下手腳，讓他以為妳的確是川中某個小鎮的村姑，妳要好好謝謝我，我還幫妳安排了七大姑、八大姨，南宮展深信不疑。」滅凌宮主說著還得意地輕笑起來，隔著面具小源都能想得出他欠揍的嘴臉。他是故意的吧？村姑？

「我走了。」他心情很好地去開門，小源剛想鬆口氣，他又轉過身來。「我還知道，當年南宮展和蕭菊源有一腿。」

小源沒說話，他知道的還真多……

「好像早幾年蕭菊源就要南宮展去殺一個什麼蕭家莊的漏網之魚……應該還是很重要的一個人，蕭菊源為此可能和南宮展睡了。」

小源像被打了一錘，整個人都愣在那兒，連滅凌宮主怎麼走的都不知道。蕭菊源和南宮展……他們……如果是真的，蕭菊源怎麼還能對裴鈞武說出那樣專情的話？那不是最無恥的欺騙嗎?!

蕭家莊的漏網之魚……是指她嗎？小源也覺得奇怪，以蕭菊源的陰毒，怎麼能任由她跑掉不聞不問！之前以為是她遠走西夏，蕭菊源搜尋未果，漸漸死心。如今看來，南宮展也是個卑鄙小人，一定是他騙蕭菊源已經把蕭氏孤女殺掉了，蕭菊源才肯付出那麼大的「報酬」。

小源心煩意亂，直到伊淳峻派的丫鬟來請她去，才渾渾噩噩地跟著走到前院。

伊淳峻被幾個管事的團團圍住，請示著最後的細節，裴鈞武也對管家低低地吩咐著，忙亂不已。小源走進彩棚，看著忙碌的裴鈞武，突然心痛難當。當初她的錯誤害了很多人，她父母，還有他……

伊淳峻越過人堆看了看她，一抬手示意管事都先停下，走到她身邊，好看的薄唇勾出一抹動人的微笑。「怎麼了，臉色這麼難看？」

小源下意識地摸了摸臉，隔著人皮面具哪看得出臉色？她沒好氣兒地剜了他一眼。「看來你的傷沒事了！」都有心思戲弄她了嗎？

伊淳峻的笑容更深了一些，沒正經地說：「為小源受的傷，再重也不要緊。」

「他有真氣護體，根本不可能受傷。」裴鈞武也走過來，瞟了眼伊淳峻，眼光又冷漠地看向彩棚外喧鬧的人群。

嗯?!小源瞪著伊淳峻，果然他又壞壞地笑了。

「當時真的有點疼。」伊淳峻笑道。

小源氣得真想踢他幾腳，他今天有比武，她的確很擔心，內疚了一整晚！

滅凌宮主告訴她的消息太震撼了，她生氣歸生氣，連想發脾氣的興致都沒有，只悶悶地轉身就走。煩心的人，一眼也不想多看。

裴福充坐在高高的壽臺上，人們頻頻過來向他祝壽賀喜，他也樂不可支地不停還禮……但無論場面怎麼熱鬧，他還是個配角。向他問安的人，眼睛卻機警地盯著裴鈞武和伊淳峻，狐疑地瞄著南宮展、慕容孝和杭易夙，他們才是今天的主角。

當四個錦裳丫鬟神情高傲地為蕭菊源拉著長長的裙襬從後院走出來，原本人聲鼎沸的廣場一下子安靜下來。所有人都屏住呼吸看著仔細裝扮過穿著華麗舞衣的蕭家後人。

她美嗎？美！

小源陷在人群中遠遠看著蕭菊源，人們隨著她的步調改變著頭和身體的方向。看著她，小源的心裡真是一片空白，大概恨太強烈了，怨也太強烈了，把什麼情緒都耗費殆盡。

蕭菊源想要名，想要地位……好啊，她李源兒都默認了她的掠奪，可是，她要珍惜善待她所得到的一切啊！至少不要因為她的舉止，讓蕭鳴宇李菊心蒙羞。都沒有，蕭菊源恣意地揮霍著上天額外賜給她的這份幸運！

小源真想在這麼多人面前高聲喊出她是個騙子，當場揭發她的種種醜行。

可是她不能，她已經是李源兒了，是失去父母才換來這個身分的。她也沒信心裴鈞武伊淳峻會選擇相信她，而且她絕不會當眾說出蕭菊源做下的醜事，那會讓裴鈞武也受到恥笑。

小源緊緊咬著牙，咬得那麼用力，連太陽穴都疼了。

但是她不能再繼續放任蕭菊源了，一刻都等不了！蕭菊源的真實嘴臉比她能想像的還要醜惡，再拖延下去，只會害苦更多的人。

當裴鈞武用灌著內力的琴音演奏菊仙曲，蕭菊源翩翩跳起菊仙舞時，所有人都被震動得連叫好都忘記了。張著嘴，忘形地看著她那融合了本門高深輕功和柔美姿勢的舞蹈。當她用內力把飄逸的水袖和長裙᠎襬震盪開的時候，只有琴聲迴繞的場地上一片倒吸氣的讚嘆聲。

裴鈞武看著她嬌俏柔媚的舞姿，眼神卻是飄忽的。伊淳峻坐在椅子裡，失神地拿著酒杯。他們眼睛雖然看著蕭菊源，心裡卻都想的是那日水邊那抹纖細輕靈的身影……

蕭菊源收了舞步，他們被震天響的叫好聲驚醒，都忍不住看向深深陷在人群裡的小源，她戴著面具，美麗的眼睛半垂著，失神地看著不知名的一點，不知道心裡在想些什麼。

裴鈞武的心驟然刺痛，她不高興……是因為菊源大出風頭而失落嗎？真的想摟她入懷讓她展眉而笑，可是……他能嗎？

很快叫好聲被震天的鼓聲壓下，比武開始了。

伊淳峻瀟灑地飛掠到高臺中心，第一場是他對慕容孝。

嚴敏瑜遠遠地瞧著，疑惑地咂了咂嘴，對元勳說：「你覺不覺得，自從來了裴家莊，有山有水變得很有男子氣概啊？」

元勳點了點頭。「大概是他沒再穿很風騷的衣服吧。」臺上的伊淳峻雖然穿得仍然很考究，但淡藍色的長衫雅致而瀟灑，減少了他容貌太過俊美的妖氣，增添了凌人的貴氣。元勳其實是隨便找了個理由，嚴敏瑜也同意了。

慕容孝上臺也得到不少歡呼，他微笑示意後，看著伊淳峻笑道：「伊大哥，你打算幾招贏我？」

伊淳峻笑著回應的時候，臺下一片抽氣聲，畢竟這樣的美男江湖上很多年沒有出現過了。

「兩招！」伊淳峻氣定神閒。

「唉。」慕容孝笑著嘆氣。「早知道我真該央求和裴大哥對打，至少他還會給慕容家幾分面子。」話音未落，長劍已經出鞘，人已經飛身而起。

「砰」的一聲，伊淳峻雙掌一推，慕容孝還沒攻到近處已經被震得失去控制，身體只能順著那股強大力道往臺下跌落。

慕容孝摔在地上哭笑不得。「伊公子！你不說要兩招嗎？」

伊淳峻假作張望狀，一臉壞笑地欣賞慕容孝的落地姿勢，嘴裡還不忘說一句。「我騙你的。」

南宮展邊笑邊躍上臺，向伊淳峻抱拳道：「伊公子手下留情，至少別讓我摔得那麼難看。」

伊淳峻含笑點頭。「好說好說。」

南宮展臉色一凜，「唰」的拔出劍來，一套行雲流水毫無破綻的南宮劍法奔騰而出，伊淳峻竟然連身形都沒有移動，左右閃了閃，手臂一伸，準確的用中指和食指硬生生挾住了南宮展的劍尖。

南宮展一臉慘白，他明白，這就是一敗塗地！流傳百年的南宮劍法在伊淳峻眼中有如兒戲。如果他有心傷他，也許只消微微彈一下手指。

就在他要鬆開劍認輸的時候，伊淳峻抿嘴笑了笑，「錚」地彈開了他的劍。

南宮展明白，這是伊淳峻給他留了面子。

南宮展微微嘆了一口氣，慚愧也感激，他一收身形再提一口氣，這回他用的是「纏」字訣，欺身而近，圍繞軟攻。可是，再花稍的招式也因為實力相差太多而顯得蒼白，伊淳峻敷衍地讓他使出二十招，才一撩衣袖把他輕輕震開。南宮展被他內力震得一口氣提不起來，堪堪退到臺邊才穩住身子。

南宮展落寞的一笑。「伊兄，在下輸得心服口服。」

本該是杭易夙下一個上場，一道黑影輕靈瀟灑地突然從人群中掠起，落到臺上。大家一時摸不著頭腦，傻傻地看著。

伊淳峻見了他，雙眉一挑。「滅凌宮主，在下真是恭候你多時了。」

臺下一陣大譁！

滅凌宮主?!就是這個人，把江湖都攪翻了！是他抓住高天競，是他抖出蕭菊源還活著，是他逼裴家舉辦了這次英雄會，他就是那個引發江湖巨變的始作俑者！

裴鈞武從座位上站起身，一提內力道：「閣下終於來了，一會兒不妨留下暢飲幾杯。」裴鈞武的聲音壓住了場中其他嘈雜，每個人聽得清清楚楚，又被那綿韌強勁的力道震得有些心悸。裴鈞武還這麼年輕，居然身負如此深厚的內力，就連剛才出盡風頭的伊淳峻似乎也及他不上，他的武功到底高到什麼程度，簡直都不敢揣測了。

裴鈞武穿了件剪裁精細的月白長衫，腰間束了條美玉繫帶，秀美而高雅。衣衫襯得他黑髮如瀑，眸似幽夜，眾人瞧著他，覺得他比二十年前的笠連城還要出色。與伊淳峻奪目的俊美不同，他雅致得令人心折。

很多人嘆起氣來，不服……也得服！彩棚裡的大美人，以及那美人附帶的巨大財富，除了裴鈞武，誰能吞得下、守得住？

滅凌宮主冷冷一笑。「那我可要叨擾各位了！讓我先解決了這個賣弄花巧的人。」

小源緊緊地握著椅子的扶手，緊張地看著臺上，滅凌宮主是不是瘋了！他就算能與伊淳峻過上幾招，也絕對不能在裴伊二人聯手下逃脫，這不是自投羅網嗎？而且他竟敢這樣激怒伊淳峻?!

「哦？」伊淳峻的眼神果然冷下來，又出現那種嗜血的微笑。「你還是先贏了我，再開口說教吧。」

滅凌宮主毫不收斂地說：「好！我就一招贏你。」說著他就雙掌一翻，伊淳峻也推掌相迎，「砰」的一聲，伊淳峻竟被他推開數步，「噗」地吐出一口血來。

伊淳峻站直身體，修長的手指撩去嘴角的血，雙眉一展，笑了。「我輸了。」說完頭也不回，翻身下臺。

質疑聲、尖叫聲、嘆息聲、驚訝聲……交會成一片巨大的混亂。太出人意料了，怎麼可能?!

裴鈞武抿著嘴角，深深的黑眸閃過一絲疑惑。

小源吃驚得不知不覺地站了起來，不可能！滅凌宮主竟然能一招打敗伊淳峻?!

第二十七章　於心不忍

裴鈞武長身掠起，從彩棚裡飛躍而出，如從雲端緩緩下墜的謫仙一般落入高臺。

「宮主，在下也忍不住要領教幾招。」他清峭的眼睛定定地看著滅凌宮主，嘴角不悅地抿起。

小源一急，看樣子裴鈞武是準備拚全力幾招定輸贏。滅凌宮主的功夫雖然不低，以小源對他的瞭解，他為了能一招擊退伊淳峻，恐怕已經用了十成力，哪還有餘力對付裴鈞武？

果然裴鈞武一出手，滅凌宮主的抵禦顯得非常吃力，簡直有些狼狽。

小源情急之下也不管有多大的破綻，一催自己的內力，逼入肺經，立刻吐出一口血。元勳和嚴敏瑜頓時叫起來，扶住她連聲詢問是怎麼了。

「應該是內力失控，有些走火入魔……」小源撫著胸口，虛弱地說。

臺下的伊淳峻叫了聲「小源」，風風火火地掠回彩棚，他弄出的動靜太大，臺下眾人紛紛翹首觀望，不曉得發生了什麼大事。

裴鈞武本想攻出第二招，被伊淳峻這麼緊張地一叫，心神也有點兒散，伊淳峻為人冷靜，如此反應，小源應該十分嚴重吧？

滅凌宮主也發覺了他的猶疑，笑著收了身形。「裴公子如有要事可先處理，在下於此等候便是。」

裴鈞武還在猶豫，耳邊卻收到伊淳峻的傳音入密——

「師兄速來，小源危矣！」

裴鈞武只好向他抱了抱拳，轉身急速返回彩棚。

小源氣喘吁吁地靠在嚴敏瑜懷裡，臉色慘白，伊淳峻為她把完脈，擔憂地說：「師兄，小源內力竄入肺經，情況嚴重，需要內力高深者幫她導回正軌，眼下我內傷在身，看來只有師兄幫小源了。」

「可是……」裴鈞武再看臺上，哪還有滅凌宮主的影子，他早趁亂跑了。「唉，也罷……」裴鈞武皺眉，什麼都不如小源重要。

「我這就帶人去追滅凌宮主。」伊淳峻咬牙切齒，起身招呼幾個親隨走了。

蕭菊源一直冷眼看熱鬧，這時候不鹹不淡地開口說：「比武看得好好的，怎麼就突然走火入魔了？難不成……」她哼哼冷笑。

「難不成什麼？」嚴敏瑜正著急，聽蕭菊源說風涼話頓時炸了。「難不成小源還會和滅凌宮主是一夥兒的嗎?!」

小源聽了，噗地又吐了一口血。師姊啊師姊，妳到底是聰明還是傻啊……

「這可是妳說的。」蕭菊源得逞地冷笑。

嚴敏瑜吃了悶虧，還想說什麼，裴鈞武皺眉打斷道：「還是先帶小源回房救治。」

嚴敏瑜也知道所有人都在往這邊張望，和蕭菊源真吵起來很難看，可又實在嚥不下這口氣，眼珠一轉計上心來。她本就摟著小源，很自然地用袖子幫小源擦拭額頭的冷汗，順手一撕，小源的人皮面具被她揭落下來。「哎呀，小源妳很疼吧，看這一頭冷汗。」

裴福充早聽桂大通說過小源絕色，但她來了裴家莊就從沒拿下過面具，便也從沒看見過，今天乍乍一見，小源又正逢受傷虛弱，那股嬌媚的神態更動人心魂。「哎呀！」他大聲嚷嚷，還拍桂大通的肩膀。「二弟你說得沒錯，小源侄女是有點兒像當初的夫人。」

離彩棚近的人都聽見他的話，更加好奇地踮起腳尖伸長脖子往彩棚裡張望。裴鈞武面沈如水，抱起小源就往後院走，畢竟人多，窺見小源容色的人立刻大呼小叫驚嘆不已，遠處看不清的人急得上竄下跳，都想看一看這位神秘的美人。

裴鈞武抱著小源快步走入後院，嚴敏瑜和元勳也跟著走了。場中人還在議論紛紛，一來是很多人沒看見小源的容貌，二來是裴福充的驚嘆在口口相傳中被無限誇大，眾人好奇得要命，小源的風頭甚至比剛才蕭菊源還勁。有的人開始猜測起裴鈞武和小源的關係，蕭菊源氣得把椅子扶手拍得砰砰響。

南宮展站在彩棚外，冷著臉看她，蕭菊源被他的眼神刺得臉色改變，心裡的妒火也怕被他再看見，只能默默隱忍。

裴鈞武把小源抱回她的房間，命嚴敏瑜和元勳護法，自己幫小源把內力導正。小源內功不深，受傷也有限，休養幾天便可痊癒。

小源不再疼痛，抱歉地看著裴鈞武。「師兄，我……我給你添麻煩了。」

裴鈞武搖頭。「別說這樣的話。妳這次突然走火入魔，和練功太急有關，回頭我和伊師弟說，還是由我親自教妳。」

小源心裡一動，抬眼看他時，他深幽的眸子正盯著她看，和她的眼神輕微一觸卻飛快地閃開了。「妳好好休息，我去和杭公子把比武結束。」

小源見他起身，有些不捨地囑咐。「自己小心。」

裴鈞武因為她這輕輕軟軟的話腳步頓了頓，因為嚴敏瑜和元勳在，只能輕描淡寫地說：「回頭再來看妳。」

小源乖巧地點了點頭，他再次深深地看了她一眼，這麼多天沒看見她真正的臉，竟然是這麼的惦念。小源讓嚴敏瑜和元勳也同裴鈞武一起回去，說自己很累，想躺一躺，嚴敏瑜和元勳這才走了。

小源躺下，靜靜聽前院的人聲，一陣震天的歡呼，應該是裴鈞武又上了比武臺吧。

「為什麼救我？」滅凌宮主的聲音從房頂傳來。「妳不是挺想我死的嗎？」

「你怎麼還沒走！」小源又差點吐血，不知道是嚇的還是氣的！

滅凌宮主從房樑上跳下來。「伊淳峻追得太緊，四下都是他的人手，我還不如藏在這裡反倒是最安全的。」

「你剛才就在？」小源有點兒後怕，他的呼吸若是重了一點，以裴鈞武的耳力也會發現。或者他趁裴鈞武運功為她導正內力的時候偷襲，她和裴鈞武都會有生命之憂。

「怎麼，怕我看見妳和裴鈞武眉來眼去？」滅凌宮主不見外地坐到小源床邊。

小源氣得伸腳踢他，卻被他輕鬆握住腳踝，還下流地捏了捏。小源像被蛇咬了，一下甩開，人也翻到床內側，離他遠遠的。

滅凌宮主看著，竟也沒有進一步的舉動，端端正正地坐在床沿。

「姓裴的對妳有意思。」他平靜地說。

小源扭頭看床裡，假裝沒聽見他說話。

「怪不得妳那麼痛快地答應嫁給我，到時候可以利用他對付我是嗎？」

小源忍無可忍地開口說：「你別再胡說了！好歹我剛救了你，你不感恩還說這些！」

滅凌宮主毫不買帳。「我又沒讓妳救我，說不定我幾招打敗裴鈞武，此刻都成武林第一了。」

「你！」小源氣得喉嚨泛甜，好像又要吐血。「我又沒攔著你，你現在去啊！」她瞪著他，不知不覺放大了聲量。

滅凌宮主冷笑了兩聲。「妳再這麼嚷嚷，不用我去，他們就全找來了。」

小源氣呼呼的，卻只能把嘴巴閉緊。

「說說，為什麼捨不得我輸？」看她生氣，滅凌宮主的心情倒好起來了，語氣上挑，聽著不懷好意。

「我不是怕你輸，我是怕你死。」小源深吸一口氣，再不反擊幾句，她真要氣吐血了。

「我還有事讓你幫我做，你做好了再死，我看都不會看一眼！」

滅凌宮主沒回話，默默地坐著，脊背特別挺直。

小源有些後悔，這話她是說得太重了，可轉圜的話她又不甘願說。她聽見滅凌宮主起身的聲音，不由有些急了，此刻出去伊淳峻還沒追遠，很是危險。

「哎！」她雖忍氣吞聲，卻還是轉過來叫住他。

「放心，我暫時不會死。」滅凌宮主冷聲冷氣地說，並沒停住腳步，已經走到門口。

「你……」沒想到他這麼生氣，小源咬著嘴唇。「你現在就走啊……」留他的話怎麼這麼難出口。

「看著妳就生氣。」滅凌宮主不客氣地說，開門就走了，小源看著他在門口飛身上了屋簷。她真有點兒目瞪口呆，這是印象中那個高深莫測、陰毒狡詐的滅凌宮主嗎？像個孩子似的，居然在這個時候鬧起脾氣來了！

好啊！他走好了！他都不怕被捉住，她跟著瞎操什麼心?!小源賭氣重重地倒在枕頭上，心裡發堵，眼眶卻越來越酸。

腳步聲很輕微，是他跑不掉又回來了吧？小源得意地起身，決定奚落他幾句，看見的卻是伊淳峻。

「門怎麼開著？下人們呢？」伊淳峻果然十分機警，進門就問。

小源皺眉。「丫鬟都調去前院了，門可能是師姊走的時候忘記關。」

伊淳峻已經走到她床邊，居然也在床沿坐下來，甚至是滅凌宮主剛才坐過的地方。

小源一凜，幸虧他走了，不然豈不是被伊淳峻撞個正著？

伊淳峻打量著她。「看見我，妳似乎很失望？妳在等誰來？裴鈞武還是……滅凌宮主？」

「你……你胡說什麼！」小源被他說中隱密，頓時臉都白了。

「妳騙得了裴鈞武，是因為他心疼妳，關心則亂嘛。妳和那個滅凌宮主到底是什麼關係？他也是妳裙下臣，所以妳助他逃走？」

小源瞪著他，說不出一句話。

伊淳峻冷笑，緩緩打量著小源的房間。「我追得那麼緊，居然連根他的頭髮都沒看見就覺得很不對。如果我是他，就挑個最危險的地方藏起來……不過，我似乎想到得太晚了。」

「你出去！你出去！」小源惱羞成怒，死命推他，反而被他抓住雙腕。

伊淳峻冷酷地微笑著。「看來我是說對了，小源，妳真不會藏心事。」

「你全都是胡編亂造！」小源氣得都掉眼淚了，好，他們都是聰明人，就她傻行了嗎？

「不承認？」伊淳峻收緊了手的力氣。

小源的手腕劇痛，眼淚也掉得更勤了。

「那好！以後關於滅凌宮主的事，妳再別和我提！」

她想過用他對付滅凌宮主的事他又猜到了?!「你追不到他，拿我出什麼氣！」小源被他說中盤算，哭得更大聲了。她也看出來了，伊淳峻的確在發邪火，平時他就算看出來，也會一臉壞笑地憋在心裡不說，讓人猜他到底知道多少。

前院爆發出雷鳴般的歡呼，小源被嚇了一跳，哭著噎了口氣。

伊淳峻鬆了手上的力道，卻沒放開她，譏嘲地冷笑。「妳的心上人打敗了杭易夙，如今成了武林第一了。高興嗎？」

小源用力甩他的手，卻沒甩開。「不高興，不高興！」她也發了脾氣。

伊淳峻突然低下頭，用額頭撞了她的額頭一下，雖然沒用真力，也把她撞得兩眼一黑。

「你幹麼?!」她真尖叫了。

他的額頭抵著她的，幽黑的眼眸亮得像是要著火了，那麼近地盯著她瞧，小源的心驟然亂了跳動。「對我說句實心話就這麼難?!」他隱忍地喝問，低低的，卻讓她一下子窒息般無法反應，愣愣地看著他的眼睛。

「我……」她半天才幽幽吐出這麼一個字，因為好半晌沒正常呼吸，微微有些喘。

他突然甩開她的手，站起身就走。

「你去哪兒？」她也不知道幹麼還問，剛才不是巴不得他趕緊消失嗎？

「裴鈞武往這裡來了，沒胃口看你們眉來眼去。」他冷冷地甩下句話，頭也不回地走掉了。

第二十八章　不耐其煩

比武完畢，壽宴便開席了，裴鈞武匆匆來看了她一眼，照例有一大堆人跟著，蕭菊源的眼神比以往更加露骨的猜忌。

裴鈞武也只不痛不癢地囑咐了幾句，就被蕭菊源拉走招呼賓客。元勳和嚴敏瑜也被小源趕去幫忙，房間一下子又只剩她一個人。

小源覺得很累，這一天情緒起起伏伏，比跑了遠路還疲憊，更何況身上還有傷。倒在枕頭上還真睡著了，昏昏沈沈不知道過了多久，再睜眼屋裡一片漆黑，前院人聲喧鬧還不休不歇，該不會是要鬧一夜吧？

小源下床點了燈，丫鬟們見她醒了，送了些飯菜，小源也沒心思吃，坐在桌邊發呆。

聽見腳步聲，小源回過神看門外，因為沒關門，看見南宮展慢悠悠地走過來。知道了他和蕭菊源的秘密，小源看他就好像看一條毒蛇，伊淳峻雖然狡猾，卻也沒有南宮展這種人令人發自內心的厭惡。

「小源姑娘，」南宮展走進房間，優雅地坐到她的對面，講究地整了整自己的袍襬。「吃飯呢？在下正可陪姑娘說說話。」

「我吃好了。」小源冷聲冷氣地說，看他道貌岸然的虛偽樣子就討厭。

南宮展被她的態度冰了冰，雖然露出不解的眼神，笑容卻越發深了。「菜都沒動，妳有傷在身，不能這樣疏忽自己。飯菜吃不下，至少要趁熱喝口湯。」說著還親自動手為她盛了碗湯。

「謝謝……」小源不得不說句客套話，伸手不打笑臉人嘛，看來南宮展是深諳這個精髓了。

「小源姑娘，沒想到妳竟然如此美貌。」南宮展微笑著說，口氣誠懇親切。「不知道是哪裡人？不像生於西夏。」

小源的眉頭微微一挑，原來他是來探詢她的身世的，到底不放心。想起滅凌宮主說的，雖然恨得牙根癢癢，但總算可以應付眼前這個煞星。「出身微賤，不值一提。」小源故意露出不願提及又有些自卑的神色。

「小源，恕我冒昧，像妳這樣漂亮的姑娘，是怎麼被拓跋前輩選中的呢？這段故事真的很令人好奇。」南宮展很自然地為自己倒了杯茶，真像陪她吃飯，好心地找個話題說一說的樣子。

小源在心裡冷笑一聲，看來不說出點兒眉目，他是不肯離開了。「我本出生於川中鄉野，可巧那年師父從西夏去雅安探望李師叔一家，路上借宿在我家，見我投緣便出了二十兩銀子收我陪伴左右。我家人見師父穿著不凡，便也答應了。不幸那年正好是蕭家莊蒙難，師父無緣見到師叔最後一面，傷心地帶我回了西夏，就這樣，沒什麼特別的。」

南宮展目光閃爍，估算她這番話的可信度，倒也同之前他私下打聽的對得上。當年蕭菊源要他去殺蕭家莊的漏網之魚，他又不是傻子，大致猜得出「蕭菊源」是李代桃僵的假貨，那個漏網之魚才是真正的蕭氏遺孤，否則何必這麼大費周章？試著詐了詐，蕭菊源果然漏了老底，怕他說出去，他提出苟且之事她也不敢拒絕。

他遍尋川中，想來那蕭氏遺孤六、七歲走失，那年不過十四、五歲，武功又差，能跑哪兒去？不料苦尋無果，在蕭菊源面前又難交差，只好隨便殺了個少女，弄得面目全非騙過蕭菊源。如今李源兒容貌氣質肖似李菊心，蕭菊源自然又勾起疑心，逼他再三查探。

「不早了，我先告辭，明天再來看妳。」他最後一句說得幽幽的，顯然別有用意。

小源暗自起了一身雞皮疙瘩，漠然道：「只是小傷，南宮公子不必掛心。」

「小源何必與我這樣見外？」南宮展笑起來，展現自己最優雅的一面。不管這個李源兒是不是鄉下村姑，他總得估算到萬分之一的可能。如果她真是蕭氏遺孤，那她才是擁有寶藏的人，雖然可能很小，多騙一個少女的心於他有什麼害處？

「不送。」小源起身，趕人的態度十分明白。

南宮展一直談笑自如，毫無尷尬地走了。

小源重重關上門，心煩得要命，她要是有伊淳峻的功夫，一掌就劈死這個虛偽噁心的人。

幾天下來，小源覺得自己的內傷不是好了，而是更重了。被煩得隨時想罵人，隨時想吐血！

慕容孝似乎打定主意，開始明目張膽地追求她，南宮展雖然半遮半掩，但時不時來表表殷勤，說說莫名其妙的曖昧話。

裴鈞武徹底被蕭菊源纏住，雖然暗示過幾次南宮和慕容可以回家去了，但他們不為所動，他也不好硬趕。

最讓小源生氣的就是伊淳峻了，平時最喜歡和她裝親近，好像有什麼似的，這時候卻給她來個袖手旁觀，還冷眼看著時不時譏諷地嗤笑幾聲。

裴家的後花園建得真算匠心獨具，把一處崖壁包攬其中，小源早早就躲出來，坐在崖邊的石椅上眺望遠處。蜿蜒的嘉陵江水閃著漾漾粼光，綠油油的大地一片生機，天和地，都這麼廣袤無垠，人就顯得十分渺小。只有在這樣的環境裡，她才能把浮躁的心情慢慢撫平，呼吸也暢順起來。

初夏的微風吹拂起她的髮絲，小源閉起雙眼，享受太陽、風、花草凝集而成的一種生命感受，這讓她覺得自己慢慢被注入某種力量。

慕容孝的腳步有些急躁，手中的長劍撞到沿路的小樹偶爾發出撞擊的聲響，小源聽見響動睜眼看見他，好不容易變好的心情又毀了。

慕容孝走到近前。「在練功嗎？」他笑著坐到她身邊，與她一起看開闊的景色。

小源心情敗壞地不想同他說一句話，青著臉看也不看他。平心而論，她並不討厭慕容孝，也知道他喜歡自己是發乎真誠的。可眼下她內憂外患，顧慮重重，根本無法為他的好意而產生半點感謝之意。

「小源……」慕容孝很認真地開了口。「其實妳的心意我都知道。」

聽他這麼說，她真想從崖上跳下去算了，或者來回抽自己耳光。都怪她在黃紙上寫了他的名字！

「妳喜歡裴大哥。」

小源一愣，倒是意外了，驚愕地轉過臉來看他。

「不要問我怎麼知道的，」慕容孝苦笑。「這要在乎妳，每天多看妳幾眼，就能發覺，妳看他的眼神是不一樣的。小源，別傻了，妳和裴大哥是不可能的！」慕容孝激動起來，抓起她的手。「裴大哥是不可能背叛蕭姑娘和妳在一起的，醒醒吧！」

小源靜靜地看了他一會兒。「慕容孝，我知道，你說這些是為了我好。可是……就算我不喜歡裴鈞武，就算我不能和裴鈞武在一起，我……」小源猶豫了一下，話很傷他，可遲早要說。「我也不會選你，我……不喜歡你。」

慕容孝的臉白了白。「我知道！」他雙手捧著她的手，太誠懇太珍惜了，小源竟不忍心把手抽回來。「我願意等！多少年我都願意等！等妳慢慢明白過來，慢慢知道我對妳的心意！小源，那天在蒙山，我看見妳站在山洞口往遠處看，我就好像作夢了，夢見了仙女。小源，我……」

「慕容孝。」小源竟然有些傷心，對她和慕容孝，這事都很殘忍。「可是……」

慕容孝突然鬆開了她的手，飛快地站起身。「妳什麼都別說！」話音未落，人已經快步走開，好像生怕聽見她後面的話。

小源苦惱地嘆氣，怎麼說才能讓他明白呢？

「看來慕容孝是動了真情。」南宮展故作風雅地從山石後面走出來。

小源低下頭，怕他看見她掩飾不住的厭惡，見慣了裴鈞武的俊雅、伊淳峻的風情，他這副故作風雅的樣子十分討嫌。

南宮展淡紫的衣衫如一片浮雲般飄近，他站在她身邊，卻沒坐下來。

「小源，妳的樣子讓我好心疼。」

小源握緊拳頭，差點吐出來。

「其實……他剛才說的話，也是我想說的。」他微微仰起頭，瞇著眼望天上的雲。

小源真想跳起來，把他從懸崖上推下去。

「好了，讓我一個人靜靜，也好認真地想一想。」這已經是她能說出的最客氣的話了。

南宮展笑了笑，款款地走了。

小源煩躁得真想跺腳大叫，她緊握雙拳。「你在的吧?!」

伊淳峻的冷笑響在她背後，她就知道！他永遠用這種螳螂捕蟬黃雀在後的姿態，隱藏在所有人的身後！

小源恨恨地轉過身，直直地盯著他。「我們不是搭檔嗎？這時候你怎麼不幫幫我！」

其實這話挺傻的，伊淳峻這種精明鬼，怎麼可能摻合到她這種毫無好處的事情裡來？小源吼完也後悔了，悻悻等著聽他的嘲笑話。

伊淳峻果然冷笑了兩聲。「他們都看得出，妳喜歡的是裴鈞武，我能幫得上什麼忙？妳要找，也該去找裴鈞武吧。」

小源的眼睛了瞇，不對啊，這話很大的酸味，而且不是他平時說話的腔調啊。

伊淳峻自己都覺得這話說得怪，臉更陰沈了。「不過有句話別說我沒提醒妳，南宮展和慕容孝可不一樣，雖然我不知道他到底在圖謀什麼，但他的確在暗自進行著什麼事情，而且很謹慎。」

小源點頭，她知道。

現在對她身世疑心最大的其實是南宮展，所以他抱著寧錯殺勿放過的主意，想騙到她的心，真齷齪！

蕭菊源對此暗中高興不已吧？南宮展本就是她的一塊心病，如果他追求的是李源兒，對她來說真是一箭雙雕，一下子解決兩個麻煩。

「快回去！目前情勢難測，那些江湖客根本不願散去，妳還是不要孤身亂跑了。」伊淳峻嚴厲地說。

小源知道他是為她好，雖然他的語氣很壞，她也只得點了點頭。

伊淳峻哼了一聲，甩袖自己走了。
小源莫名其妙地看著他的背影，最近他到底是怎麼了？總發邪火！

第二十九章　只能如此

小源慢慢自己向山下走，一想南宮展和慕容孝快把她房間的門檻都要踩平，就煩惱不堪。

拐過月洞門，她就看見了裴鈞武，他面無表情地看著花圃裡剛剛盛開的花，眼睛卻是深幽毫無焦點的。

小源停住腳步，這幾天雖然天天見面，卻好像分隔天涯，別說沒機會說話，互相看一眼都怕引起蕭菊源的冷言冷語。

她垂著眼，正好看見他長衫側畔緊緊握起的拳頭。「小源……」他喊了她的名字，卻半晌沒了下面的話。

她也只是靜靜地等他說下去。

「南宮展和慕容孝……」他又停住，終於幾乎有點兒自厭自棄地開口。「妳怎麼想？」

小源的臉瞬間失去血色，原本就煩躁的心情被他這短短的一句話激怒了。「我怎麼想？」她倏忽抬起眼盯著他。

裴鈞武嘴角掛著自嘲的笑，知道自己很可恥，不敢看她的眼睛。

「你是問我喜歡他們嗎，打算選誰是嗎？」

裴鈞武突然笑了，還醉酒似的踉蹌後退兩步。「是啊，我就是問這個！我還能對妳說什麼呢？」

他痛苦的眼神像把刀，一下子刺破她的憤怒，只剩與他同樣的沈痛。

「我能對妳說……」裴鈞武雙眉一展，像是決定豁出去了。「我喜歡妳，要娶妳，妳不要和別的男人在一起嗎？我能對妳說我連伊淳峻都妒恨嗎？因為妳，我連元勳都……」他又有些瘋狂地低笑起來。「小源，這些話我都沒辦法對妳說。我……我有我無法擺脫的東西，我只能按命運的安排走下去。妳恨我吧！我寧可妳恨我！」

「鈞武……」小源捂著嘴，生怕自己放聲大哭起來。

裴鈞武轉身就走，小源第一次看見他這麼狼狽，剛剛在武林群雄面前威震天下的裴鈞武，此刻竟然落荒而逃？

他還是選了蕭菊源，她的計劃失敗了。可是她不恨裴鈞武，相反，她想對他懺悔，想對他道歉，這一切，最錯的就是她！

因為恨蕭菊源，她自私地想奪回曾經屬於自己的東西，可裴鈞武是個人，是個有血有肉的人。她把一切痛苦加諸於他，自己也一同陷了進去，當初自作聰明的自己，現在看來是何等愚蠢！

她出了一身冷汗，衣服都濕透了，是自責也是哀痛。雙腿突然沒了力氣，搖搖晃晃地連路都走不穩，強撐著回房便生起病來，燒得什麼都不知道，只覺得自己在痛苦的深淵裡無助地掙扎，沒人救她，她絕望地不停哭泣。

額頭傳來清涼，讓她漂浮的意識好像有了著落，試著睜開眼睛，居然成功了。應該是晚上，燈光幽暗，她的眼睛很模糊，但還能分辨出是師姊。

「醒了?!」嚴敏瑜很驚喜。「從小到大，還是第一次看妳病得這麼嚴重，中原的水土不養人。」

小源勉強地笑了笑。

「快喝點兒粥吧，妳昏睡了一天。我都擔心死了，有山有水還說沒事，說妳的病來得凶，卻沒大礙。」嚴敏瑜有點兒不相信伊淳峻，小心翼翼從桌子上端來一碗還熱的粥。

小源撐著坐起來靠在床頭，嚴敏瑜端著粥堅持要餵她。「還是我餵妳吃吧，妳的手哪還有力氣端碗啊，別再灑了。」

小源的眼眶發酸，還是師姊對她最好。

一碗粥喝完，嚴敏瑜露出有些抱歉的笑容。「小源，妳自己躺躺啊，我去看看杭易夙，就回來。」

小源點頭，看來師姊真的喜歡上杭公子了，不去看他一眼，一晚上都不會安心。

嚴敏瑜虛掩上房門，快步走了。

小源喝了粥，覺得精神好了很多，燒也退了，身子虛弱歸虛弱，好在不再痠痛。可能是睡多了，小源靠著枕頭半坐，毫無睏意。

有人進屋，小源倒真心盼望有個人來說說話，及至看見是南宮展，雖然失望，卻不似平時厭煩。

「好些了吧？」南宮展坐到她床邊的椅子上，態度照舊是溫和優雅的。

小源點了點頭。

「我就擔心妳醒過來再也睡不著，所以來陪妳說說話。」南宮展體貼地說。

心意倒是令她很感激，可真是沒話和他說，只能愣愣看著自己的被子。

奇怪的是，南宮展再也沒開口說話，沈默得小源都覺得有些奇怪，抬眼看他。他僵硬地坐在椅子上，神情很奇怪，像是很為難又像很激動，眼睛奇異地亮。

小源有些害怕，想對他說累了，讓他離開。

南宮展突然站起身，小源眼前一花，感覺雙肩就被他捏住，整個人被他提起了一些。

「你幹麼?!」小源嚇壞了，準備大叫。

南宮展抬手點了她的啞穴，把她緊緊地箝制在懷中，呼吸急促地說：「小源，我喜歡妳！我喜歡妳！」

小源拚命地掙扎，腿被他壓住，手也被他抓住，喊還喊不出來，病後根本沒有和他抗衡的力氣。眼淚洶湧地冒出來，昏迷時那種絕望的感覺又回來了，她嗚嗚地哭，誰能來救救她！

南宮展壓在她身上，表情扭曲得幾乎猙獰。「小源，別怪我，我只是太喜歡妳了。」

到了這時候，他還是滿口的虛偽言辭，小源恨不得一口咬死他，她真的咬了，被他輕鬆地躲開，換來更用力的制伏。

「如果不這樣，我永遠也得不到妳！」南宮展低下頭，一邊粗暴地壓著她，一邊陰柔地舔她的脖子，冰冷的觸感讓她厭惡得渾身直抽搐。

門被大力轟然震成碎片，南宮展見有人來，非但沒有住手，反而更瘋狂地去扯小源的衣裳。

強勁的內力吹熄了燭火，室內一片黑暗，小源只覺得身子一輕，壓在她身上的南宮展被內力推撞到牆上，又被狠狠的摔出門外。

小源的淚水早就模糊了視線，適應黑暗後，藉著月光她見著了一襲穿著白衫的修長身影，他不住地顫抖，竟然抖得比她還厲害。

「裴鈞武！」院子裡的南宮展根本不覺得被他撞破了這下流的行為羞恥，反而忿忿地喝問：「你來多管什麼閒事！我與小源兩情相悅！」

裴鈞武深深吸了口氣，居然還是止不住渾身的顫抖。「滾！在我還能忍住不殺你之前滾！」他冷冷地低喝。

南宮展聽了居然哈哈大笑起來。「忍著不殺我？」他的口氣變得怨毒。「你是不能殺我吧？同時是後蜀遺族，你殺了我，怎麼向其他世家交代？怎麼建立威望號令他們？別裝聖人了，裴鈞武！最貪得無厭的不就是你嗎？蕭菊源、蕭家寶藏、武林第一、遺族領袖，你樣樣想要！就連李源兒，你不也心癢難熬嗎？不然這麼晚，你怎麼會來這兒？」

裴鈞武忍無可忍地大吼一聲，雙掌猛力一翻，院子裡一片磚石倒塌的雜亂聲響，灰塵瀰漫開來，也飛進屋子，在光稜下囂張的飛舞著。

南宮展毫無懼意。「最可悲的也是你啊，裴鈞武！再漂亮心動的女人你都不敢碰！你敢得罪蕭菊源嗎？活太監！」他畢竟狡詐，這話說完人已經掠上屋簷，飛馳而去。

裴鈞武僵著身子站了很久，才緩緩地轉過身走進房間。

小源木訥地聽著他們院中的對話，看見他進來，只是默默流淚。

裴鈞武沒有看她，走到床邊替她解開了穴道。他不想去分辨此刻他的羞愧狼狽是因為什麼，南宮展做出這樣的事，他也不能為她主持公道，還是南宮展說中了他內心的全部隱密。

他轉身要走，她的眼神他再也受不住，他就是這麼卑劣貪心，就是這麼妥協懦弱。

「鈞武……」她柔聲叫他，把自己的哀痛和害怕都壓在心底。「我不怪你。」她沒有道謝，因為她知道他壓在心裡的千言萬語。

裴鈞武身子一僵，背對著她不敢轉過來，卻捨不得離去。只是她這句短短的話，就好像有神奇的力量，讓他千瘡百孔的心得到撫慰。

「鈞武，過去的事，都過去吧。」小源覺得心很痛，卻又好像獲得解脫。

「過去？」裴鈞武不自覺地重複，是讓他忘記喜歡過她，彼此當成什麼都沒發生？他突然覺得很憤怒，對自己，對命運，人人都可以選擇，只有他不能！他快步走了出去，涼如水的夜風也不能吹熄他心裡的火。

裴鈞武走進後廳時，廳裡的一大排燭火因為風的緣故全向一邊歪斜，幾乎所有人都在，除了南宮展。他們的影子搖晃著，如同很多鬼魅。沒有人說話，都看著他，等著他的結論。

裴鈞武突然想失控地大喊，他們等著他決定如何處置南宮展，等著他決定任何一件事，可是，他卻連自己最想做的事都沒辦法去做。南宮展說他太貪心了，可這些在別人看來是上天賞賜的幸運，在他看來全是負擔。

「師兄！我們這就去把南宮展抓回來，幾拳打死！」元勳激動地喊。

「這……」桂大通有些為難。「南宮小子是做錯了，可其實也沒……」他覷了覷大家的臉色。「南宮飛就這麼一個兒子，這麼多年交情，咱們就忍了這一回吧，總不能就這麼斷了南宮家的香火。」

慕容孝臉色灰白，生氣歸生氣，他心底還是支持桂大通的說法的，總不能把事情弄得不可收拾。伊淳峻慢悠悠地喝著茶，好像這都不關他的事。

「桂二叔，話可不能這麼說！」嚴敏瑜不服地站起來。「就算小源沒事，也不能這麼不了了之吧?!」

裴福充左右為難，殷殷看著蕭菊源。

蕭菊源故作躊躇，起身去拉裴鈞武的手。「武哥，我覺得二叔言之有理。其一南宮家的血脈絕不能就這樣斷了，我們可以叫南宮飛懲處他兒子，嚴加管教。其二，這事畢竟不光彩，看，就這麼一會兒，大家全都知道，齊齊跑到這裡興師問罪了。」她有些嘲諷地冷笑了兩聲。「為了小源的聲譽，我們也不能宣揚。」

裴鈞武冷冷地抬起眼來看她，蕭菊源一愣，心被重重地刺了一下，這麼多年，他第一次用這麼冷的眼光盯著她看。

她僵直地站在那兒，拉住他的手不知不覺的鬆開了。

裴福充發現他神色不對，立刻起身圓場。「既然菊源這麼說了，就這麼決定吧。嚴侄女，妳快去看看小源，她現在正需要安慰。」

嚴敏瑜哼了一聲，不滿意地甩手而去。

元勳和慕容孝也想跟去，被伊淳峻閒閒地阻止。「一個姑娘家遇見這樣的事，又氣又怕又害羞，你們兩個男人這麼前去非但不便，可能會讓小源更加難堪。」

兩人點頭，承認伊淳峻說得對，垂頭喪氣地坐在座位上。

「師兄，既然菊源和兩位長輩意見一致，此事也只能如此了。」伊淳峻譏誚地說：「南宮展就是算到最後的結果必定是這樣，才如此膽大妄為，不得不說……」他冷冷地笑了，雖然他沒看任何人，蕭菊源竟然覺得芒刺在背。「他要是成功了，倒是一步好棋。」

裴福充瞪著眼不解。「伊小子，你說什麼呢？我怎麼不懂？」

伊淳峻呵呵笑起來。「您不懂，有人懂。」

蕭菊源故作鎮靜，後背卻被冷汗濕透。

第三十章　心生愧疚

小源在房間裡悶了大半天，總覺得心裡壓著一塊石頭，就想大喊幾聲才痛快。

師姊寸步不離地守著她，慕容孝和元勳來看她的時候說話還支支吾吾的，小源看了更覺得憋氣。如果他們能大罵南宮展，她聽著也解恨，可他們好像商量好了，在她面前絕口不提這個人。就算沒人告訴她，她也能猜到這件事只能不了了之！

好不容易太陽落山，小源假裝早早入睡，等師姊一離開便一口氣跑到山頂，深深大口呼吸，想喊，又怕驚動了大家，只能在寂靜的沈沈夜色中使勁深呼吸，想吐出心中怨氣。

山道上傳來了腳步聲，很沈重，不是個輕功好的人，不是桂大通就是裴福充，小源不願相見又說些不疼不癢的寒暄話，閃身躲到山石後面，提一口內息平服自己過於激烈的呼吸。

「阿武，就在這兒說吧。」是裴福充的聲音。

裴鈞武也在？小源更加謹慎地呼吸，不想被裴鈞武發現。怪不得她只聽到一個人的腳步聲，原來另一個人是裴鈞武。

裴鈞武並沒說話。

「阿武，我還是喜歡你小時候那直腸直肚的性子，跟著你師父學了一身好武功是不錯，這陰陽怪氣的樣子都不像是我們裴家的男人了。」裴福充有點抱怨，還是沒有得到回答。

「爹有些話不得不說了，阿武，其實爹也知道你心裡是怎麼想的，可是，菊源是蕭家的人……」

「爹！」裴鈞武激動地打斷，也許是私下和爹爹說話，他完全沒了平素的沈穩冷靜，甚至有些像賭氣的孩子。「這話，從小到大，你已經對我說了無數無數遍！蕭家是君，我們是臣，可是，後蜀亡了百十年了！如今是大宋的天下，哪還有什麼後蜀?!」

「你！你！」裴福充沒想到兒子會突然說出這麼大不敬的話，氣得語塞。「你放肆！」他終於順過氣來。「即使後蜀已經亡了，可蕭家還在，我們一朝為臣，永生為僕！別以為少主當日與我兄弟相稱，就不知本分，那是少主感念裴桂兩家忠義，才賞下來的恩典。裴桂兩家若不是受主公幫襯，哪有今天的境況？」

「我都知道！我從小都知道了！」裴鈞武沈痛地說：「就算終生為蕭家僕役也好，可我……可我不想娶菊源，我不喜歡她！」他簡直是喊出聲來了，壓在心裡十年的話這麼大聲說出來，讓他無比暢快。

小源在石頭後面瑟瑟發抖，裴鈞武的嘶喊讓她心頭一顫，他這十年……過得也很難受吧？才會用了這樣的語氣。

裴福充一反常態地沈默下來，過了一會兒才說：「你喜歡小源，是不是？」

裴鈞武愣了一下，苦笑出聲。「就連爹也看出來了……對，我喜歡她，人人都看得出來，可我卻不敢和她說，我……」

「阿武！」裴福充打斷了他。「老天爺不可能把所有好東西都給你。你已經與菊源訂親了，雖然表面上她是裴家的媳婦，可她也是咱們裴家的主人啊！因為她，你才能拜那麼好的師門、學那麼好的功夫，才能成為現在天下人人羡慕的『裴公子』。如果當初夫人沒有選中你，你也只能像南宮、慕容一樣，平平庸庸一輩子。」

「平平庸庸一輩子……」裴鈞武語氣飄渺地重複，隨即淒涼地笑了。「那又有什麼不好?!我看慕容孝能隨心所欲地追求自己喜歡的姑娘，我有多羡慕？當初送我去參選，誰問過我願意不願意！人人羡慕？羡慕我什麼？這些我都不想要！」

「阿武……」裴福充嘆氣。「你還年輕，迷戀美色很正常。可你不要忘記，照顧菊源就是你今生的任務，這是裴家的榮幸，也是你的榮幸。不管你想不想要，你是躲不開的，你只能認命！」

「認命……」裴鈞武吶吶重複。

「對！你不能做不忠不義之人！你要對得起少主和夫人臨終的囑託，要對得起你師父要你說過的承諾，我們裴家不出叛逆之人！」

提起師父，裴鈞武臉色蒼白，那是他一生最尊敬的人，他不想讓師父也對他失望。

「好了，阿武，就當是少主和夫人在天之靈給你的考驗吧，這輩子，你只能這樣。」裴福充加重語氣。「跟爹回去吧，聽你二叔說，那幫子江湖客沒安好心地不肯散去，都在成都三兩聚堆不知道密謀什麼，我們不得不防。」

小源再沒聽裴鈞武說什麼，腳步聲一路下山去了。小源靠在石頭上，眉頭緊鎖，裴福充真是太不會安慰人了，就連她聽了他最後那句「這輩子只能這樣」都絕望起來。

看來她不能再猶豫拖延下去了，她真的很自私，因為怕自己的身分被揭開惹來禍患而隱忍不言，讓這麼忠心的裴大叔被無恥蒙蔽，讓蕭菊源耍得團團轉，還讓裴鈞武這麼痛苦……種下這個因的人是她，她該勇敢面對自己的錯誤了！

一個石子打在她肩膀上，有些疼，她一嚇，抬頭看見滅凌宮主站在石崖邊上，面具遮擋看不出他的表情，但小源卻一下子感覺到他並不高興，她也不知道自己為什麼會這麼想。

「你到底是誰？怎麼能如此輕易地進出裴家？」小源看著他，滿心懷疑。裴家最近守衛極其嚴密，如臨大敵，上次他躲在她房間，倒還說得過去，可今天竟這麼輕輕鬆鬆地出現在裴鈞武的眼皮子底下就古怪了。

滅凌宮主冷哼了一聲。「我為什麼要告訴妳？」他黑色的斗篷簡直完全融入夜色，只有那亮亮的銀色面具在微弱的星光下十分醒目，更添了恐懼妖異之感。

小源抿了下嘴，看吧，她就知道，上回的火氣還沒消，真是個小肚雞腸的傢伙。

「我只是擔心你……的安全。」她決定說點兒好聽的，所幸還說得很順當，自己都有點兒意外了。

滅凌宮主沈默了一下，諷刺道：「真難得，果然是還用得著我。」

小源嚥了下口水，勉為其難地說：「上回我說的那些，是氣話……你別生氣了。」雖然不想在滅淩宮主面前失了威風，但上回那些話說完，他又負氣走了，她還真的很後悔。
滅淩宮主哼了一聲，小源又敏銳地感覺到他心情好轉，大概是越來越熟悉他了吧。
「看來是又有什麼差事派我去做了吧？」滅淩宮主嘴上還是要刺一刺她。
「沒有！」小源瞪他。「你真是小氣！」她都道歉了！這話一出口，她也有點兒想笑了，怎麼和孩子吵嘴似的。
滅淩宮主看了她一會兒。「看妳笑得好看，說吧，我都答應妳。」
小源莫名其妙，還傻乎乎地抬手摸了摸嘴角，她真笑了？
「得了，我今天剛好路過，開恩給妳提個醒。南宮展不知道為什麼跑出裴家莊，卻沒離去，一個勁兒在莊外轉悠，看樣子似乎打算暗夜偷襲，妳自己小心。」說完人已經在夜色中飛快遠去。
小源皺眉，有點兒害怕，南宮展不會還不死心吧？還是趕緊回去，到人多的地方安全些。
一路跑下山，小源打算去找師姊和元勳，結果他們全都不在房裡，丫鬟下人半個也不見。小源遠遠看著後花廳裡燈火通明，想來大家可能全聚集在那裡，就也往那裡去，遠遠聽見廳裡有些嘈雜，不知道出了什麼事情。
花廳的摺扇門全開著，站在暗處看明亮的廳裡格外清晰，所有的人果然都在，小源一驚，居然連南宮展都在？他背對著門口，小源只能看著他的背部，他一手拿劍一手抓著什麼，他往後一退，所有人都神色焦急地跟著前挪半步，異口同聲地說：「別……」

小源這才看見他挾持了蕭菊源，因為他比蕭菊源高大，剛才徹底擋住了，退步側身才被她看清。

「快去叫李源兒來！用她來換蕭菊源！」南宮展囂張地說。

小源吃驚地瞪圓了眼，這才看見伊淳峻雖然面無表情，眼睛卻一直在向她丟眼風，讓她快離開。她也看見了裴鈞武的眼神，明顯很掙扎，一向果決的他，面臨這個選擇的時候也猶豫了。小源的心雖疼了一下，卻沒法怪他。

元勳看見了門口的小源，也向她丟「快走」的眼神，但他城府太淺，表情太明顯，南宮展立刻察覺了，猛地一回頭，看見小源便露出陰狠又得意的笑容，像是說——「妳還是逃不出我的手心！」

慕容惠神情很悲愴，好意規勸道：「南宮哥哥，你這是何必呢？只要你放了菊源，我求裴大哥放過你，好不好，裴大哥？」她又央求般著急地看裴鈞武。

裴鈞武冷冷點頭。

「哈！」南宮展側著身子，手上的劍又緊了幾分，蕭菊源慘叫一聲，脖子淌下一痕血線。「你們當我是傻子嗎？放了蕭菊源，你們還能給我生路嗎？我現在已經無法回頭了，要嘛把李源兒交給我，要嘛……哼，我也豁出去了，殺了蕭菊源，同歸於盡！」

裴福充和桂大通支支吾吾，羞愧地看了看小源，明顯是希望交換的，嘴裡也含糊地說：

「南宮侄子……萬事好商量。」

「好商量？」伊淳峻冷笑，在這樣的情況下他仍舊氣定神閒。「怎麼好商量？同意交換？在你們眼裡蕭菊源金貴，可在我們眼裡，小源也是絕世珍寶！小源快走！不換，憑什麼換？」

元勳和嚴敏瑜連連點頭，附和道：「就是，就是！」

小源感激地看著他，也知道裴福充和桂大通的想法是忠於蕭家，才對蕭家後人如此珍重，可他們屬意換人，她的心裡還是很悲涼。伊淳峻的這番話，讓她的心裡格外溫暖，畢竟這世上還有對她如此珍視的人。

「武哥，救我！救我！」蕭菊源開始哭起來。

裴鈞武也露出了明顯的焦灼神色。

「南宮大哥，你迷途知返吧！現在收手，一切都還來得及。」慕容孝懇切地規勸。站在慕容孝身邊的杭易夙，一直冷漠地握著劍柄，當慕容孝說著向南宮展靠近一步，他也跟著很自然地靠近。

「慕容孝、杭易夙，你們是哪邊的我心裡清楚！少給我來這套！退後，退後！」南宮展瘋狂地喊叫，完全沒了平時的優雅姿態，手上的劍又一壓，蕭菊源哭得更淒厲了，血把她的領口胸襟全染紅。

裴福充和桂大通急得大叫，裴鈞武也臉色煞白。

「小源，別管，快走！」伊淳峻看起來是真急了，狠狠地瞪了小源一眼。

小源點頭，她憑什麼要顧及蕭菊源的安危？可是……她畢竟猶豫了，如果因為她的逃離，蕭菊源真的死了，裴鈞武會怎麼想？裴大叔桂二叔會埋怨她嗎？

南宮展看她要走，有些慌神，蕭菊源乘機一把推開他，南宮展見勢不妙，提內力準備逃跑，他到底不甘心，掠出廳外追到小源身後，順勢就一劍刺去。

「小源，小心！」伊淳峻的嗓音都岔了。

小源一回頭，身子一側，南宮展刺歪了，原本刺向心臟的劍偏了兩寸。他也顧不得了，拔了劍發瘋般飛奔。

伊淳峻最先趕到小源身邊，他太快了，甚至接住了小源下墜的身體。

小源還有意識，看著他苦笑，想說自己終究沒躲開。

伊淳峻狠狠地瞪著她，雖然凶狠，眼底卻全是擔憂和心疼，他還嘴硬地數落她。「傻子一樣！」

裴鈞武想去追南宮展，被蕭菊源拉住，她像隻受驚的小兔在裴鈞武懷裡瑟瑟發抖，哀哭著乞求安慰。

這一耽擱，追逐南宮展而去的慕容孝、杭易夙和元勳都沒了蹤影。裴鈞武皺眉，推開蕭菊源，向小源走去，每一步都那麼沈重。

蕭菊源看著他的背影，充滿淚水的眼睛裡出現怨毒的神色。

裴福充和桂大通一到她身邊，她又露出楚楚可憐的樣子連連垂淚，使得裴福充不滿地喊了兒子好幾聲，想讓他回來照顧蕭菊源，裴鈞武都沒有理會。

裴鈞武看著被伊淳峻抱在懷中的小源，竟沒勇氣上前安慰，剛才他真的猶豫了，僅僅這一點，他就愧對小源，愧對自己喜歡小源的心。

伊淳峻抱起小源，冷聲道：「都讓開！她沒死成，你們很失望嗎？不想讓我救治她？」

裴鈞武沒有說話，只默默地低下頭，閃身讓開了路。看著伊淳峻抱著小源走開，裴鈞武的身子猛然晃了晃，噗地吐出一口血來，人也倒了下去。

——未完待續・文創風028《拈花笑》二之二・〈落花流水愛銷魂！〉……

預知後情

李源兒看著原本該屬於她的一切，被她的仇敵黃小荷假扮成蕭菊源強佔，她心裡又氣又恨！

看著原本該屬於她的未婚夫裴鈞武，就算心裡愛著她，卻被承諾逼得去娶那個假冒她身分的「贗品」……她覺得就快嘔血，對裴鈞武的無奈痛苦，她看在眼裡心裡很疼惜；但對於他無法忠於對她的情感，提不起又放不下，她隱隱怨怪著，卻不想再如此的彼此折磨下去。

滿心無奈夠鬱悶了，竟還被妖魅惑人的伊師兄「整來整去」，她從來都弄不懂這伊師兄，料事如神，恍若一切都在他掌握之中，但對於她，態度卻愈漸陰晴不定，之前只是愛譏笑冷嗤她；近來對著她像心裡焚燒著一把火，惹得她愈益對他在意起來了……

加上那個神出鬼沒的滅凌宮主，她的復仇之路真是充滿著意外跟失控啊！

這明裡來暗裡去的勾心鬥角，她就等「真相大白」的那天可以落幕，只是裴鈞武、滅凌宮主、伊淳峻……她該選誰？又能選誰？

還有她身上的蕭家秘密，是否會為她引來更大的風浪……

虐戀情深 第一大手

雪靈之

愛恨無垠

文創風 020

十四歲那年跟步元敖約定好要一起私奔，他沒出現。
只託娘告訴她，要她等他，這一等就是五年過去。
這期間她為了打聽他的下落，在一次私逃中掉入了寒潭，
最不該的是，害得弟弟也一同落水，兩人患上了同樣的怪病。
神醫說要治好這寒毒唯有找到流著九陽玄血的男人方能得救。
而這世上唯一流著九陽玄血的人……竟然就是步元敖。
他說要他的血可以，條件是要娶她過門。
當她滿懷期待地去找他，卻發現她只是幫他暖床的奴婢，連妾都不如……
哼！當初蔚家背信忘義，甚至追打落水狗般地對他下重手；
如今卻需要他的血來救命，行！叫蔚家四小姐蔚藍為奴伺候他，
要是她伺候得他舒服了，他可以給上一碗血。
別怨他狠，當初蔚家對他可是狠上千百倍，
他所受的屈辱折磨他全都要討回來！尤其是蔚藍那女人，
當初有多愛她如今就有多恨，而這恨就拿折磨她來抵！
偏偏折磨她的同時也折磨著他自己，想要的痛快竟得不到……

結緣

文創風 024　2之1〈癡心無藥〉

原月箏，翰林院學士之女，美麗而純真，
在一次進宮參加壽宴時，不經意看見他的眼淚、他的脆弱，
對失去母后又被父皇疏遠的五皇子鳳璘因憐生愛、情根深種，
為了成為他口中「舉世無雙」的王妃人選，她費盡心思地努力學習，
終於，如願成了他的妻，她傾盡所有地對他好，期望能與之白首偕老，
即便被擄至敵營，她也寧願挨餓受凍，以換得完璧之身回到他身邊。
然而真相如此傷人，她發現自己只是他奪取皇位的一顆棋子！
她心痛，卻不遺憾，甚至願意成全他，
只因他帶給她的痛苦再多，也抵不過她感覺到的甜蜜，
雖然這甜蜜是那麼自欺欺人，而相遇的代價是如此沈重，
但就算必須因他去到黃泉的最深角落，她也無愧無悔，曾這樣愛過一個人……

文創風 025　2之2〈愛恨難了〉

政宗鳳璘，翥鳳王朝的五皇子，冷漠而孤單，
為了奪回原該屬於自己的皇位，他使盡心計，甚至不惜利用單純的原月箏！
可那樣嬌小脆弱的她，卻無條件地支持他、了解他的不甘和傷痛，
每當她用那水燦燦的眼瞳直直看著他，心裡的陰鬱便被輕緩地照亮了，
他不喜歡這種無法躲避的明亮，卻貪戀她帶來的溫暖，
就是這樣的她，讓他漸漸無法抵禦，在她面前，他不知不覺變得笨拙且脆弱。
然而現實如此殘酷，他沒有選擇，只能照著計劃一步步進行，
但是當她在他面前頹然倒下，那一刻，他卻茫然了……
面對權勢與愛情，她讓他陷入了兩難，
沒想到這個他原本不願意在乎的女人，卻讓他萬般痛苦、如此不捨……

繁華盛世，

皇子有情、福晉難為，

小小姑娘穿越入清，笑淚交織的生命體驗……

清穿寫手第一人

琴瑟靜好

愛傳千古　粉墨登場

文創風
027

拈花笑

2之1

〈招蜂引蝶為哪椿？〉

國家圖書館出版品預行編目資料

拈花笑．二之一，招蜂引蝶為哪椿？/ 雪靈之著．--
初版．-- 臺北市：狗屋，民101.06
面；公分．--（文創風）
ISBN 978-986-240-841-4（平裝）

857.7　　101008476

著作者　雪靈之
發行所　狗屋出版社有限公司
地址　台北市104中山區龍江路71巷15號1樓
電話　02-2776-5889～0
發行字號　局版台業字845號
法律顧問　蕭雄淋律師
總經銷　知遠文化事業有限公司
電話　02-2664-8800
初版　101年06月
國際書碼　ISBN-13　978-986-240-841-4

定價220元
狗屋劃撥帳號：19001626
網址：love.doghouse.com.tw　E-mail：love@doghouse.com.tw